달
콤
한

작
업
실

달
콤
한

작
업
실

최
예
선

지
음

앨리스

【작업실하다】

　발치에 떨어진 플라타너스 잎사귀를 줍듯 작업실 생활이 시
작되었다.
　햇살이 드는 넓은 창, 넉넉한 테이블, 좋아하는 책으로 채워
진 커다란 책장, 느릿한 음악이 흘러나오는 낡은 오디오, 취향
이 담긴 오래된 물건. 이런 것들이 적당히 놓여 있는 공간에서
글을 쓰기로, 누군가를 만나기로.

작업실하자,

라고 말하고 나니 작업실을 갖게 되었고, 작업실이 있고 보니
삶이 모양을 바꿨다.

그러므로 작업실은 명사가 아니라 동사다. 나를 끊임없이 움
직이게 하고 한없이 깊게 한다. 삶을 만들고 채우고 궁리하는
이 작은 공간. 이 책은 '작업실하다'라는 동사에 대한 이야기다.

3부 ◆ 모두의 서재

4부 ◆ 달빛 옥상

1부

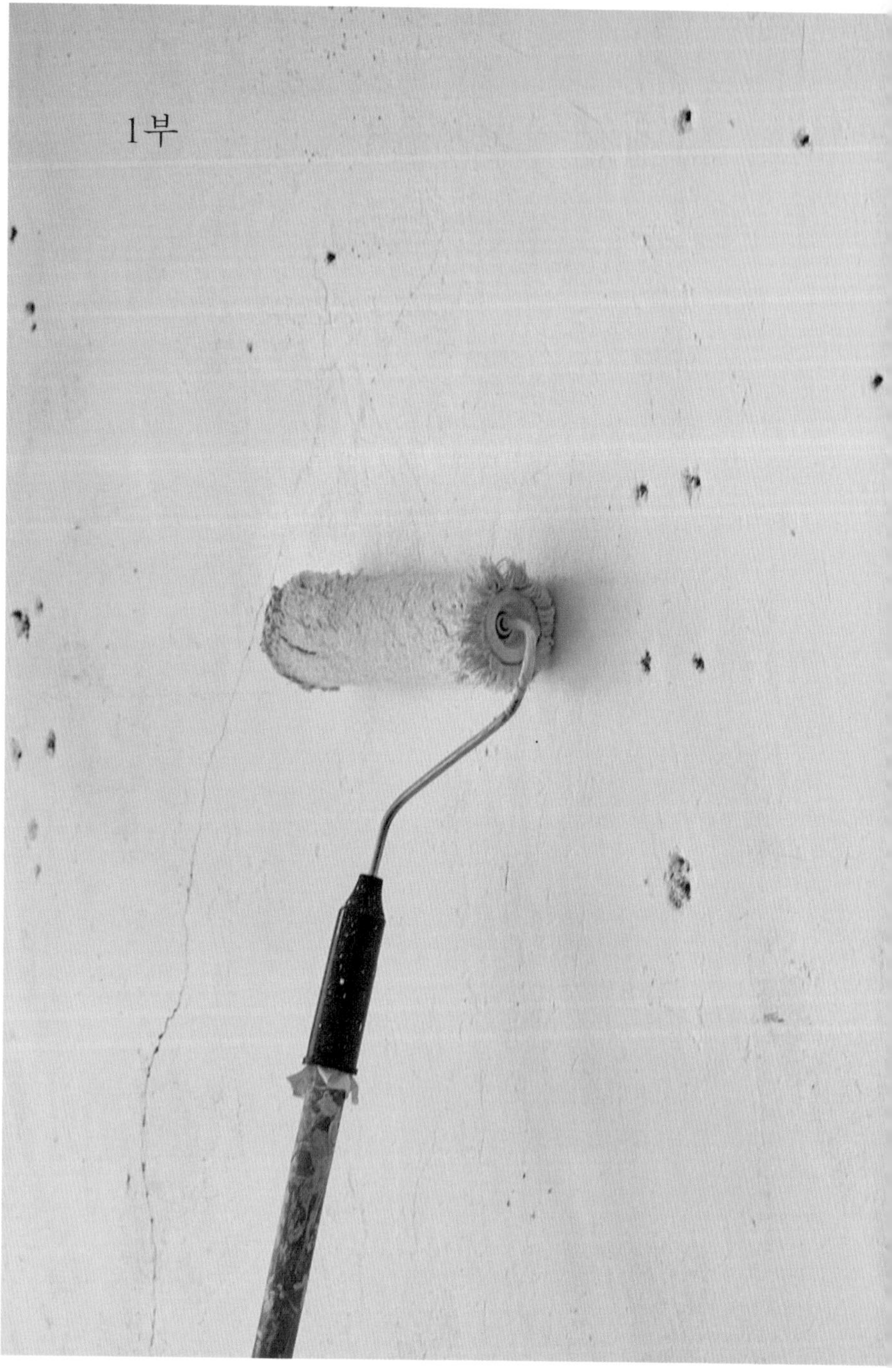

우리
작업실이나
할까?

일상의 먼지가 쌓여가는
작은 작업실의 문을 연다.
거기엔 고요하고 어둡고
내밀한 방이 있다.

겨울과 봄
사이의 집

그 집은 거기 있었다. 늦은 오후의 흐릿한 빛줄기 속에서.

겨울은 갔으나 봄은 아직 오지 않은 3월 초의 거리에는 잎사귀를 피우기 전의 플라타너스들이 줄지어 서 있었다. 수십 년 전에 지은 이층집들이 약간 퇴색된 그림자를 드리웠다. 차갑고 건조한 바람이 시멘트 보도블록을 훑고 지나가며 온 거리를 모두 회색빛으로 만들었다.

골목 모퉁이에 빈 가게가 있는 이층집이 나타났다. 나는 붉은 타일로 띠를 두른 통유리창이 있는 조그만 가게 앞에 멈춰 섰다. 서쪽으로 기운 해가 점점 옅어지면서 모호한 빛이 창문으로 들이쳤다. 빛도 그림자도 뭉개졌다. 도로에는 차들도 거의 다니지 않았고 보도블록이 깔린 인도에도 사람이건 강아지건 누구 하나 보이지 않았다. 나를 위한 연극 무대처럼 모든 빛도 소리도 멈춘 상태였다.

그 풍경이 좋았다. 굳이 이 동네, 이 거리여야 할 이유는 없었다. 이보다 더 좋은 곳은 없다고 확신할 수도 없었다. 그러나 나는 그 집 앞에서 걸음을 멈췄고, 이 작은 공간을 내 첫 번째 작업실로 삼고 싶었다. 햇볕이 쨍쨍했더라면, 사람들로 번화했더라면, 그냥 지나쳤을까? 그날 그 시간은 모든 게 나를 위해 준비된 것처럼 완벽했다. 거리는 볕이 사라지며 약간 쓸쓸한 분위기를 풍겼고, 도로변에 면한 가게는 적당히 투명했다. 유리창에 드리워진 그림자는 비밀스럽게 속삭이는 듯했다. 약간의 그림자, 약간의 빛, 약간의 발자국 소리, 약간의 무심함, 그리고 약간의 비밀스러움. 그곳에 내 몸을 밀어 넣고 싶었다. 그 풍경 속에 섞여서 풍경과 닮은 모습이고 싶었다.

7년이 흘렀다. 내 취향대로, 내 모습대로 이 공간을 바꾸어왔다고 생각했건만, 돌이켜보니 이 장소에 어울리도록 내가 변화해온 것은 아닌가 싶다. 느슨하게 분류된 서가와 널찍한 테이블, 티포트며 찻잔이며 살림살이들이 훤히 드러난 수납장, 책과 자료 뭉치가 어수선하게 쌓여 있는 책상, 그런 것들은 나인 동시에

이 공간 그 자체다. 내 작업실. 우리는 함께 사는 부부처럼 닮아가고 있다. 오랫동안 나를 품은 장소라도 다른 누군가를 품을 때가 오겠지. 평생 이곳에 살 수 없을 테니까. 나는 떠날까 노심초사하는 애인을 대하듯 내 작업실을 바라본다. 7년이면, 서로 지겨워질 때도 되었다.

그러나 나는 성실한 애인처럼 매일 오전, 요즘 들어 더 이른 시간에 작업실 앞에 도착한다. 시간의 무게만큼 무거워진 문을 밀고 들어서면 밤새 가라앉은 먼지들과 멈춰 있던 온기들이 익숙한 향기와 뒤섞여 내게로 달려든다. 작업실에 가져다둔 수많은 홍차들과 내가 만들고 모아둔 향초들의 냄새일 것이다. 거기엔 내 체취와 내가 사랑하는 책들의 냄새가 섞여 있고, 작업실을 들락날락하는 사람들의 내음도 포함되어 있을 것이다.

문을 활짝 열어 묵은 먼지들을 내쫓고 습관처럼 오디오 플레이버튼을 누르고 그때그때 마음에 드는 향초를 하나 피운다. 외투를 벗고 리넨 에이프런을 걸친다. 마른 비질을 하고 물걸레로 바닥을 닦는다. 바깥에 슬쩍슬쩍 물을 뿌려둔다. 봄여름에는 금세 말라버리긴 하지만 물 냄새가 상쾌하다.

이 작업실은 까다롭다. 북쪽을 향하고 있기에 빛은 이른 아침 뒤쪽 창문이 아니고서는 거의 들지 않고, 조금이라도 긴장을 늦

추면 습기와 먼지가 구석구석 자리 잡는다. 책들이 습기를 머금고 쭈글쭈글해진 걸 보고서 머리카락이 쭈뼛 섰던 일도, 도대체 어디서 날아들고 기어드는지 벌레들이 제 집 드나들 듯 하던 일도 있었다. 전혀 예상치 못했던 상황들을 견디고 해결하면서, 이제는 적당히 쾌적하고 적당히 깨끗한 상태를 유지하는 방법도 알게 되었다.

작업실은 밝지도 어둡지도 않은 채 온종일 느슨한 그늘을 만든다. 햇볕은 이곳의 단점이자 장점이다. 따끈따끈 내리쬐는 햇볕을 받을 수 없고·환기창이 없으므로 작업실에서는 식물이 잘 자라지 못한다. 풍성했던 프렌치 라벤더가 시들시들하다 말라버린 것을 보고서 식물을 두는 건 포기하고야 말았다. 햇볕이 만드는 쾌적하고 명랑한 일들을 전혀 기대할 수 없는 대신, 글을 쓰는 일을 하거나 집중하기에는 이 정도의 볕이 좋다.

지인이 어디선가 굴러들어왔다며, 그러나 비에 젖지도 상하지도 않아 쓸 만하다며 가져다둔 낡은 소파에 앉아 작업실을 둘러본다. 신발을 벗어두고 소파 위에 쪼그리고 앉아 서가에서 아무 책이나 한 권 꺼낸다. 마음에 드는 책만 가져다뒀기에 무엇이건 상관없다. 모두 새로 읽거나 다시 읽을 책들이므로.

작업실은 늘 생각보다 크거나 작다. 서류에는 9.5평이라고 명시되어 있지만 내 작업실은 서른 명 가까운 인원이 들어차도 밀가루 반죽처럼 늘어나서 모두를 품어주고, 나 혼자 있을 때면 모든 물건들이 하나하나 눈에 다 들어올 정도로 구석구석이 가깝다. 감기몸살로 몸이 아플 때 소파에 몸을 묻으면 공간이 압축되어 나를 덮은 이불처럼 느껴진다. 그리고 어둔 밤, 스피커에서 흘러나오는 음악을 들을 때면 소리가 깊이 공명하면서 마치 서가 뒤에 끝을 알 수 없는 동굴이 있는 것만 같다.

이 작업실은 좁은 티테이블이었다가 새카만 우주가 되는 그런 공간이다. 거기서 나는 뭔가 끊임없이 읽고 꼼지락거리고 쓴다. 꿈틀거린다. 상상 속에서 살아가는 어린애였다가 세상을 다 알아버린 나이든 여자가 된다.

우리 작업실이나
할까?

"연남동에 작업실이 있어요"라고 이야기하면 반응이 크게 두 가지로 나뉜다. "어떤 작업을 하세요? 그림? 조각?" 아니면, "요즘 핫하다는 그 연남동?"

나는 애매한 표정을 짓는다. "네, 여기 재미난 데가 많이 생겼어요"라고 해야 하나, "내가 좋아하던 풍경들이 사라져가고 있어요"라고 해야 하나 결정하지 못한 채로 다음 말을 잇는다.

"저는 글을 씁니다."

"아, 공방인 줄 알았어요."

의외라는 듯한 표정이다. 차라리 과자를 굽는다고 말할 걸 그랬나? 누군지 기억나지 않지만 "글을 쓸 때도 작업실이 필요하

군요" 하던 사람도 있었다. "집필실이라고 하면 작업실의 성격이 더 명확해지지 않을까요?"라고 조언해주는 사람도 있었다. 집필실이라…… 그런 공간은 박경리나 박완서 선생 정도 되어야 어울리지 않을까? 박경리 선생이 생전에 사셨던 원주 저택에 가본 적 있다. 볕 잘 드는 안방에 놓인 큰 앉은뱅이 책상의 위엄이 묵직했다. 그 정도의 묵직함이 있어야 집필실이다.

무엇보다 나는 작업실이라는 말이 좋다. 조물조물 꿈틀꿈틀 만들어낸다는 느낌이 들기 때문이다. 계획이라는 '행동'과 노력이라는 '태도'가 중요한 곳이라고 할까? 나는 이 공간에서 읽고, 쓰고, 사람들을 불러 모으고, 함께 공부하고 논다. 그런 일들이 내게는 모두 작업이다. 때론 어둑한 불빛 아래 술잔을 기울이기도 한다. 사무실이 아닌 '작업실'이라고 명명한 것은, 무엇이건 할 수 있고 언제든지 그만둘 수 있다는 가벼운 마음으로 이 공간을 대하고 싶었기 때문이다.

잡지사를 그만두고 프리랜서 에디터가 된 나는 노트북을 들고 카페를 전전하는 카페 작업자가 되었다. 한동안 홍대 앞의 무수한 카페에 신세를 졌다.

"오늘은 어떤 카페로 갈까?"

매일 아침 집을 나설 때마다 내게 맞는 책상을 고심하면서 신중하게 카페를 골랐다. 무선인터넷이 가능하고, 적당히 넓지만 혼자 앉아도 무방한 크기의 테이블이 있고, 글 쓰는 데 방해가 되지 않을 정도의 음악과 소음이 있는 금연 카페. 사람이 너무 많아도, 너무 적어도 곤란하다. 조명은 너무 밝지도 너무 어둡지도 않아야 한다. 당시, 내가 자주 가던 작업실 대용 카페는 '405 키친' '수다 떠는 도서관' '작업실' '자리' 등이었다. (내가 몸담았던 카페들은 대부분 사라졌거나 분위기가 바뀌었다.)

당시에도 나처럼 카페 작업자들이 드문드문 있었다. 이따금 나와 비슷한 처지의 지인을 만나러 그녀가 일하는 카페(사무실이 아니라)로 가기도 했다. 둘 다 노트북을 앞에 두고 브런치를 먹으면서 을의 번뇌를 토로하는 한편 어떻게 하면 더 재밌게 일할까 고민을 나누곤 했다. 지금은 카페를 아지트로 삼고 일하는 사람들이 훨씬 많아졌고 혼자 일하는 사람을 배려하는 카페도 늘어났지만, 그땐 내 노트북과 서류 뭉치가 민폐가 되지 않을까 여간 조심스럽지 않았다.

써야 할 글도 많아지고 책도 여러 권 출간하게 되자, 마음 편히 오랫동안 머물 수 있는 공간을 가져야겠다는 결심이 섰다. 마음 한편에서는 처음부터 작업실에 대한 생각이 자리 잡고 있었지만 그러지 못했던 건 고정수입이 없는 프리랜서 생활의 불안감 때문이었다. 그러나 이제는 작업실을 갖고 싶었다. 공간을 갖는다는 것은 인생의 방향에 대한 문제였다. 어떤 생각을 갖고 어떻게 살아갈 것인가의 문제.

'알아, 지금도 충분히 분주하게 살고 있다는 거. 그런데, 차곡차곡 쌓아가는 게 아니라 다급하게 대충 때우고 있다는 느낌 안 들어? 네 공간을 가져. 거기서 뭐든 써. 깊이 들어가보라고.'

공간을 갖고 싶다는 건 그런 마음의 표현이었다.

나는 공간에 대한 욕구가 남들보다 큰 편이었고, 내가 편안하게 느낄 수 있는 공간을 직감적으로 알아냈다. 공간은 삶을 결정한다. 어떤 공간은 나를 새로운 인간으로 바꿀 것이고 어떤 공간은 내면의 감성을 끌어낼 것이다.

누군가는 여행을 갈망하듯 나는 공간을 갈망했다. 아주 작더라도 내 공간이 있다면, 책상 하나만 놓을 수 있는 장소만 있다면, 뭐든 해볼 수 있을 것 같았다. 백열등 하나 매달려 있는 시멘트벽의 지하실이라도 좋았다. 시커먼 술병들을 늘어놓은 테이블조차도 조르조 모란디* 그림처럼 감성을 자극하고, 지지직거리며 흘러나오는 라디오 소리도 마음을 어루만지는 음향이 될 테니까.

◆ Giorgio Morandi, 1890~1964. 이탈리아 화가. 물병, 주전자, 컵과 같은 소소한 정물이 그의 그림 속에서는 하나의 시가 된다. 색채마저 중간색의 담박함을 지니고 있어 고요하고 관조적인 면이 더욱 부각된다. 그의 그림은 좋아하는 벽에 걸어두고 오래도록 바라보고 싶은 작품이다.

혼자 고요히 숨어 있기 좋은 은신처이자 세상에 반항하는 음모자들처럼 모여서 시끄럽게 떠들어댈 수 있는 아지트가 될 그곳.

"우리 작업실이나 할까?"

그 말을 내가 먼저 꺼냈는지, 건축가인 남편 J가 먼저 했는지 잘 모르겠다. 때마침 J도 다니던 회사에서 나와 자신의 이름을 단 건축 아틀리에를 운영하려고 계획하던 차였다. 둘이 함께 쓸 작업실을 찾아보기로 의기투합했다. 계획을 짜고 스케줄링 하는 건 내가 잘하는 일이고, 공간 디자인을 실무적으로 풀어가는 건 J가 잘하는 일이다. 우리는 차근차근 작업실에 대한 생각을 정리해보기로 했다.

길모퉁이 카페에서 J가 운을 뗀다.

"진작 작업실을 구했어야지. 일에 집중하려면 적절한 공간이 있어야 해."

나는 노트를 꺼내 메모를 시작했다. '작업실 위치'라고 썼다.

"당연히 홍대지!"

우리 둘 다 홍대 언저리를 좋아한다. 나로 말하자면 서울에서 기억이 가장 많은 곳이 홍대였다. 결혼 전에 살던 곳이기도 했고, 홍대 앞의 어수선하면서도 자유로운 분위기를 좋아한다. J와 처음 만난 날, 엄청 마셔댄 후 부끄러운 줄도 모르고 신나게 떠들며 걸어 다닌 기억도 있다. 내 삶의 유적이 많기도 하지만, 이 동네는 혼자서 뭔가를 만들어내는 사람들이 특히 많다. 예술가도 건축가도 많아서 일할 분위기도 형성되어 있다. 그래도, 다른 동네를 찾아본다면 어디가 좋을까? 서촌이나 이태원도 재밌을 것 같은데.

"그 동넨…… 집이랑 거리가 너무 멀어. 출근시간이 한 시간 반을 넘어가는 건 아닌 것 같아."

우리는 서울 근교의 베드타운에 거주한다. 나는 노트에 '한 시간'이라고 썼다.

"역시 홍대네. 한 시간 내외로 올 수 있는 곳이라면."

거리도 거리지만 홍대만큼 에너지가 넘치는 곳이 있을까! 다음으로 월세의 예상 범위와 공간의 규모를 따져보았다. 규모는 10평 내외면 충분하다 싶었고, 통장 잔고를 살펴보며 쓸 수 있는 비용의 상한선을 잡았다. 공간을 계약하면 적어도 1년은 유지해야하므로 연간 지출액과 예상 수입 등을 적어보았다. 부모님 생활비, 적금, 보험, 업무용 소비와 개인적 지출 등등 대략적인 내역을 산출해보니 한숨 나올 만큼은 되었다. 그러고 보니 그동안은 얼마를 버는지 얼마를 쓰는지 생활비를 꼼꼼히 확인한 적이 없다는 생각이 들었다. 참 대충 살아왔구나. 임대료 상한선은 직접 알아보지 않고서는 결정하기 어려웠다. 내일부터 당장 부동산을 돌아보기로 했다.

또 하나 선택사항이 있었다. 오피스텔을 선택할 것인가, 동네 상가를 리모델링할 것인가? 오피스텔은 다른 부대 비용이 들지 않는 반면 월세와 관리비가 높고, 상가는 초기 리모델링 비용과 가구 구입비 등이 들지만 그 후에는 경제적으로 운영할 수 있다. 공간은 생활을 규정한다고 생각하는 나와 J는 정형화된 사무 공간에서 탈피하는 쪽을 선택했다. 공간을 나답게 만들고 나답게 사용하는 그 모든 과정을 차근차근 해보고 싶었다. 최소의 비용으로 우리의 삶과 어울리는 공간을 만들고 운영할 수 있을지 실험해보는 것도 의미 있지 않을까? 일단 시작하면 계속 유지할 방법을 어떻게든 모색하게 된다는 게 내 생각이다.

"정 안되겠다 싶으면 1년 해보고 접어도 되니까, 일단!"

J는 대학 시절, 작업실을 가져본 경험이 있다. 친구 몇 명과 함께 학교 근처 상가를 임대해서 작업실을 꾸렸다고 한다. 팀 작업이 많은 건축과의 특성상 한데 모여서 설계 과제를 할 장소를 마련했는데, 급기야 집을 나와 그곳에서 먹고 자고 했다. 조금씩 돈을 모아서 임대료를 내고, 필요한 가구며 물건들은 어찌어찌 조달하거나 그때그때 만들었다. 그때의 친구들은 결혼하고 가정을 꾸리며 삶의 방향이 달라지기 전까지 둘도 없는 단짝들이었다고.

"졸업이 다가오면서 흐지부지해지고 말았지. 그때 알게 되었어. 공간을 유지하는 데는 책임과 끈기가 필요하다는 거."

"그 작업실은 이름이 있었어?"

"'달려라 작업실'이라고. 나름 유명했어."

좋은 추억을 떠올리듯 J는 눈을 가늘게 떴다. 어쨌건 경험이 있다니 다행이지 뭔가.

우리에게 찾아올 작업실은 어떤 곳일까? 그 공간에서 무엇을 하게 될까? 막연하고 모호하더라도 그 작업실을 상상하면 가슴이 뛰었다. 무용한 공상도 마음껏 해보는 곳이었으면 좋겠어. 멍 때리고 상상하는 것만큼 재미난 것도 없잖아. 뜻 맞고 마음 맞는 사람들이랑 교류하는 공간이 되면 좋겠어. 경험이랑 지식을 공유하면서 함께 성장하면 좋잖아. 일도 많이 하자. 회사라는 조직에서 나온 만큼 자신에게 더 집중할 수 있잖아. 재미있게, 멋지게. 그렇게 살자.

지난 시간에서 벗어나는 건, 지금 단계에서 다음으로 훌쩍 뛰어오르는 건, 몸과 마음이 모두 노력해야 하는 것이라고 생각해. 그러니까, 계속 고민하면서 다가가려고 노력해야 해. 그냥 주어지는 건 없어.

내가 그 공간에서 7년째 살아갈 줄은 그때 상상도 못했다. 그저 오랫동안 꿈꾸던 공간을 하나 만들어보고픈 생각뿐이었다. 결과가 어떻게 되든 먼 미래에는 이 시절을 행복하게 추억할 테니까. 우리의 인생이란 그렇게 겹쳐진 추억들로 단단해지는 거니까.

.

골목길의
안녕연구소

작업실을 찾아다닌 지 이틀 만에 계약해버렸다.

나는 감을 믿는 편이다. 직관적으로 파악되는 아름다움이나 좋은 감정이 먼저다. 면밀히 분석하는 것은 그다음이다. 그렇다고 우연에 기대어 모든 것을 결정하는 건 아니다. 오히려 우연히 이루어지는 건 절대로 없다고 믿는 쪽이다. 마음속에 오래 간직해온 생각들이 예기치 못한 장소와 시간에서 불쑥 마주치는 것이지, 누구와 만나는 것도, 어떤 일을 하게 되는 것도, 때론 어떤 공간을 만나는 것도 우연히 이루어지지는 않는다. 의미 있는 연결고리가 분명 있기 마련이다.

홍대 쪽에 작업실을 찾자고 했지만 이 언저리가 얼마나 넓은

가? 이미 시끄러울 대로 시끄러워진 중심부를 피해 상수동과 합정동 쪽을 살피러 나섰다. 몇 군데 부동산에 문의도 하고 집도 보러갔지만 적당한 장소를 찾지 못했다. 상권이 형성된 지역도, 한적한 주택가도, 오피스텔도 제외하고 보니, 발품을 더 팔아야 할 모양이다.

동네 구경은 생각보다 훨씬 재미있었다. 소규모 사무실이 있을 법한 골목을 찾아 일부러 걸어보기도 했고, 소위 '불란서주택'*이라 불리는 1970년대 지어진 양옥들을 한꺼번에 보기도 했다. 동네엔 변화의 바람이 조금씩 불고 있었다. 카페거리가 생겨날 조짐도 보였고 주택을 개조한 사무실도 여러 곳 발견했다. 다양한 일을 하는 사람들이 모여들고 있다는 느낌이 들었다. 한적한 주택가에 들어온 작고 예쁜 가게들이 동네 분위기를 밝게 해주었다.

"여기까지 왔으니까, 연남동에도 가볼까?"

"연남동? 예전에 만두 먹으러 갔던 거기?"

우리는 홍대 건너편으로 이동했다. 대로 건너편 골목 안으로 들어가니 조용한 주택가가 이어졌다. 오래된 단독 주택지들이 조금씩 상업지역으로 바뀌어가는가 하면, 여전히 고즈넉한 동네 주택가도 있었다. 오래된 집들을 보면 유년에 살았던 집들이 넌

◆ 다락이 있는 2층 양옥 스타일 중 하나를 이렇게 부른다. 아마도 박공지붕이 올려져 낭만적인 느낌이 물씬 풍겨서 불란서주택이라는 별칭을 붙였던 모양이다.

지시 떠오르기도 했다. 그때 그 집들도 그 동네도 못 알아볼 만큼 변했겠구나.

동교동과 연남동 사이에 이르렀다. 상점과 식당이 늘어선 번화한 골목이 시작되고 있었다. 작은 규모의 사무실들이 제법 많아 보였다. 홍대 주변의 반질반질한 상점거리와는 달리, 사람 사는 동네 같았다. 학교를 마친 아이들이 뛰어가고 장보러 나온 주부들이 길에서 이야기를 나누고, 소일하는 할머니도 있는 그런 보통의 동네. 우리는 부동산에 들어가 이것저것 물어도 보고, 보증금 500만 원에 월세 50만 원짜리 사무실도 구경했다.

"골목이 좋으니까 좀 더 걸어보자. 당장 결정해야 할 일도 아니잖아."

길은 계속 이어졌다. 이렇게 이어지고 길어지다가 어디에서 끝나게 되는 걸까? 다시 원래의 자리로 돌아오게 되는 걸까?

한창 경의선 철도 공원화 공사로 파헤쳐진 길을 건너가니 기사식당과 중국식당 들로 북적거리는 골목이 등장했다. 돼지불백, 순댓국, 족발, 보쌈, 왕돈까스, 국수, 돼지구이, 선술집, 뒤이어 하하, 향미, 구가원, 팔가 같은 중국식당, 그리고 서민마트, 반찬 가게, 달걀 가게, 떡집 같은 친근한 동네 가게들이 펼쳐졌다. 다국적의 음식 냄새를 풍기는 좁은 인도를 걷다가 삼거리쯤에 이르렀다. 중앙에 벚나무길이 있는 주택가가 보였다.

"가로수길이다!"

둘이 나직하게 말했다. 아직 벚꽃이 피기 전이지만 풍성한 나뭇가지들이 꽤 근사했다. 가로수 양쪽으로 오래된 단독주택과 빌라들이 주택가를 형성하고 있었다. 우리는 마법에 이끌리듯 가로수길로 들어갔다. 이 길에서 연남동 벚꽃 축제와 '따뜻한 남쪽'이라는 마을시장이 열리게 되리란 것도, 봄밤이면 이 골목에서 밤 벚꽃을 올려다보고 또 보게 되리란 것도 그때는 알지 못했지만.

그 골목은 시간이라는 얇은 막이 한 겹 더 쌓인 듯했다. 빛바랜 시멘트 건물들은 안개에 휘감긴 듯 희뿌연 색을 발했다. 붉은 벽돌집들도 그만큼 나이든 것 같았다. 격자로 이어지는 골목은 둥글게 휘어진 골목과 만나 끝없이 연결되었다. 좁은 골목에 면한 주택들은 좁더라도 마당을 두었고, 꽃나무나 유실수 서너 그루 없는 집이 없었다. 마당의 식물들에서 약동하는 힘이 느껴졌다. 누군가의 일상이 강하게 풍겼다.

약간 굽이치는 골목을 따라가다가 뭔가 눈에 띄었다. 작은 사무실이었다. 전면을 가득 채운 통유리에는 커튼을 치지도, 셔터를 내리지도 않아서 내부가 훤히 들여다보였다. 책상과 의자, 몇 개의 선반, 단출한 살림살이가 눈에 띄었다. 출입문에는 흰색 종이에 가느다란 서체로 이 장소의 이름을 적어두었다.

"안녕연구소"

사무실 이름이 '안녕연구소'라니, 이건 우리에게 건네는 인사
가 틀림없었다. 뭔가 심상치 않았다. 평범해 보이는 이 골목 곳
곳에 보석 같은 장소들이 숨겨져 있을 것 같았다. 나와 J는 걸음
을 멈추고 골목 주변을 둘러보았다. 이 근처에 적당한 장소를 찾
아서 안녕연구소와 이웃이 되고 싶었다. 굴곡진 길을 따라 내려
갔다. 2차선 도로가 있고 양편에 인도가 형성된 주택가가 나타
났다.

"여기, 이상하게도 마음에 들어."

"골목 분위기가 신사동 가로수길 같아."

몇 해 동안 신사동 가로수길에 있는 사무실로 출퇴근했던 J는
도로폭이며 보도의 느낌이 딱 그곳이라며 눈을 빛냈다. 플라타
너스가 아직은 앙상한 가지를 내놓고 있었다. 봄이 완연해지면
푸르게 무성해질 나무들이었다.

"플라타너스에 벌레가 많다고 했던가?"

"몰라. 하지만 가로수가 있으니까 운치 있고 좋지 않아?"

쭉쭉 뻗어 올라간 나무들과 마치 엷은 안개에 휩싸인 듯한 흐
릿한 골목의 풍경이 어린 시절 마당 있던 집과 마구 뛰어다니던
골목과도 닮아 있어서 심장 주변이 따뜻해졌다.

왜 어린 시절의 기억은 모두 따뜻한 걸까? 옹색한 건물들 사

이 골목길에서 돌멩이와 고무줄만 가지고도 신나게 놀았던 그 시절은……

도로에 면한 1층은 모두 작은 상가여서, 지물포와 부동산, 창고, 이발소, 옷수선집, 세탁소 등이 옹기종기 모여 있었다. 상가는 모두 자그마해서 혼자 혹은 둘이서 작업실을 꾸리기에 알맞았다.

"여기 혹시 빈 집 없나?"

그때 마술처럼 길 중간쯤에 '임대문의'라는 종이가 붙어 있는 가게를 발견했다. 두근거리는 마음으로 문 가까이로 다가갔다. 유리 너머 들여다보니 좁고 어둑어둑한 공간이 보였다. 그 순간, 불현듯 머릿속에 무언가 휙 스쳐 지나갔다. 바깥을 향한 창가에 테이블을 놓고 책장으로 벽을 꾸미는 나의 모습이……. J도 같은 상상을 하고 있는 것 같았다. 우리는 말없이 유리창에 바짝 붙어 서 있었다. 이윽고 누군가가 정적을 깼다.

"좋다. 여기."

적혀 있는 전화번호로 연락을 하자, 근처 부동산에서 곧바로 사람이 나왔다. 공간의 문이 열렸다. 톱밥의 매캐한 내와 빈 공간의 한기가 한꺼번에 몰려나왔다. 낯선 중력의 장소였다. 앨리스의 나라로 가는 거울이나 모험의 세계로 연결된 옷장이 있을지도 모를, 그 장소가 나를 기다리고 있었다.

내부에는 바깥에서는 보이지 않는 공간이 따로 있었다. 지금 가게를 쓰는 사람이 파티션처럼 나무 칸 하나를 두었던 것이다. 세입자가 마구잡이로 흩뜨린 살림살이도 어둠침침한 낡은 벽도 나와 J의 눈에 들어오지 않았다. 나에게 말을 거는 이 작은 방과 어스름한 그림자를 드리우는 골목에 마음을 빼앗긴 상태였다. 창백한 빛을 내는 형광등 아래서 닳고 닳은 리놀륨 장판이 깔린 공간을 휘 둘러보았다. 우리 공간으로 얼른 바꾸고 싶은 마음이 들었다.

번화가가 아닌 데도 월세는 생각보다 높았다. 하지만 나와 J는 이곳이 우리의 새로운 공간이 될 것임을 확신했다. 그래도 너무 쉽게 결정하지는 말자며 하룻밤 동안만 유예를 두겠다고 했다. 말은 그렇게 했지만 내일 아침 계약하러 달려오게 되리라 예감하면서. 발걸음이 날아갈 듯했지만 전철까지의 거리가 얼마나 되는지 알아보려고 일부러 천천히 걸었다. 도로변의 활기찬 길을 따라 15분 정도 걸었더니 전철역에 닿았다. 중간에 경의선 철로를 공원으로 만드는 긴 공사장이 있었다. 곧 공원이 될 이 공사장 주변으로 시세가 많이 올랐겠구나, 부동산에는 젬병인 내 눈에도 그렇게 보였다. 당장은 조용하겠지만 머지않아 변화가 찾아오겠구나, 여긴.

처음엔 내가 원하는 공간을 정확히 알지 못했다. 그저 사각의 벽이 있는 장소면 충분했고, 어떤 공간이든 잘 쓸 자신이 있었다. 그런데, 골목을 걷고 집들을 구경하고 사람들을 바라보면서 깨달은 게 있었다. 나는 은연중에 골목을 찾고 있었다. 일상이 완연한 집들로 빼곡한 골목을, 그 삶의 흔적들이 마치 내 기억처럼 존재할 수 있는 풍경을 찾고 있었던 것이다.

다음날 아침 일찍 연남동으로 달려왔다. 엷은 빛이 거리를 물들였다. 주홍빛의 그림자 속에 어제 보았던 작은 공간이 나타났다. 플라타너스의 그림자도 생생한 아침빛이었다. 마음에 들었다. 나는 상상이 만든 그림 속으로 성큼 들어갔다. 작업실이라는 이름의 새로운 인생이 시작되고 있었다.

벽이 이야기하는
것들

2010년 3월 19일. 연남동 작업실 열쇠가 내 손에 쥐어진 날이다. 나는 열쇠를 열쇠 구멍에 넣고 찰깍, 소리 나게 돌렸다. 텅 빈 공간이 J와 나를 맞이했다.

빈 공간을 좋아한다. 여긴 오로지 벽과 바닥과 천장만 있고 텅 비었다. 그동안 이 공간을 어떻게 꾸밀까 지칠 만큼 구상해왔으나 막상 공간에 들어오니 무엇을 가져다두고 싶다는 생각이 전혀 들지 않았다. 아무것도 없는 상태가 좋았다. 아무것도 하고 싶지 않다. 발자국 소리가 빈 공간에 여러 번 부딪혀 긴 울림을 만들었다. 먼지 냄새와 묵은 종이 냄새, 부스러진 시멘트의 농축된 냄새……. 나는 얕은 호흡을 내쉬며 미동도 없이 그냥 서 있었다.

"이제 시작해야지?"

J가 가방에서 레이저 측량기를 꺼냈다. 공간실측. 공간을 구획하는 벽과 바닥의 크기를 세밀하게 측정하는 일이다. 조그만 플라스틱 상자처럼 생긴 레이저 측량기는 버튼을 누르면 빨간 빛줄기가 튀어나가 그 빛이 닿은 부분까지의 거리를 밀리미터 단위까지 알려준다.

중간의 가림막을 빼내고 보니 앞쪽에 살짝 들어간 곳이 있는 확 트인 널찍한 공간이었다. 내 눈은 전체를 아우르며 제거해야할 것들을 찾는다. 천장에 매달린 형광등, 바닥에 깔린 낡은 리놀륨 장판, 오래 묵은 벽지. 이건 모두 버려야 할 것들이다. 벽지를 모두 벗겨낸 다음 흰색으로 칠할 거고, 장판을 걷어내고 다른 바닥재를 깔 것이다. 형광등을 뗀 자리는 펜던트 조명을 자유롭게 달 수 있도록 전기배선을 새로 할 참이다.

입방체 모양의 공간에는 수많은 수치가 있었다. 창문의 크기, 움푹 들어간 곳, 중간의 기둥, 천장의 보. 벽과 천장은 윗집과 연결된 수많은 장치들이 숨어 있고 바닥에는 물이 빠지는 관들이 연결되어 있을 것이다. 층고는 예상했던 대로 낮았고, 안쪽에 작은 창문이 있었다. 이 공간은 복잡한 수치를 가진 도형이었다.

열쇠를 받아들긴 했으나 곧바로 공사에 들어가지는 못했다.

J는 여전히 설계 업무가 있었고, 나는 정기적으로 하는 일과 더불어 출간을 앞두고 있는 책의 마무리 작업이 기다리고 있었다. 어쩔 수 없이 주중에는 각자의 일을 하면서(나는 여전히 카페를 전전했다) 밤에는 공사 계획을 세웠다. 모든 걸 우리 손으로 하다 보니 실제 공사는 주말에만 이루어졌다. 이 공간을 직접 만들어 보는 게 작업실 프로젝트의 출발이었으니 그 주말을 무척 기다렸음은 두말할 필요도 없다.

공사는 벽을 정리하는 일에서부터 시작되었다. J와 나는 작업복을 입고 장갑을 끼고 방진 마스크를 쓴 채로 벽 앞에 섰다. 벽은 화가가 그림을 그리기 위해 잘 마름해놓은 캔버스다. 화가의 붓질을 가장 잘 표현하려면 캔버스는 눈부시게 흰색이어야 한다. 벽도 그러하다. 공간을 점유한 사람들의 배경이 되는 곳이다. 그들의 움직임, 그들의 물건들, 그들이 만들어내는 모든 것을 담아내는 배경. 우리는 이 배경에 어울리는 색으로 흰색을 골랐다. 낡은 벽지를 벗겨내고 순수하게 드러난 시멘트 벽체에 흰색 페인트를 칠할 것이다.

벽을 정돈하는 일은 전체 공정 중에서 시간이 가장 많이 걸렸다. 너덜너덜한 벽지를 완벽하게 제거하는 일은 말처럼 쉽지 않았다. 먼저 물을 뿌려 벽지를 불렸다. 그다음 피자 서버처럼 생긴 납작한 주걱을 사용해서 살살 긁으며 종이를 뜯어낸다. 이 일은 몹시 더뎌서 이틀 동안 벽을 바라보며 집중해야 했다. 잘 벗겨지지 않는 종이를 찢어내기 위해서 주걱에 커터칼 날을 붙였더니 속도가 좀 붙었다. 벽에 찰싹 달라붙어 조금씩 종이를 떼어내는 일에 성질머리가 뻗쳐서 벽지를 남겨둔 채로 페인트칠을 해보기도 했는데, 결과는 일만 더 늘어난 꼴이었다. 벽지가 페인트의 수분을 빨아들여 부풀어 올랐던 것이다. 마치 살아 있는 생명체처럼 벽지가 부풀어서 꾸무럭 일어서는 걸 보고 한바탕 웃음이 터졌다.

다시 물을 뿌려서 불리고 불린 종이를 스테인리스 주걱으로 밀어내고…… 하지만 어느 순간 이 단순한 작업에 푹 빠져든 것은 무슨 이유일까?

"이거 은근 중독성 있네."

"물아일체가 뭔지 알 것 같아. 벽과 하나가 됐어."

가장 안쪽 벽은 하나의 예술품 같았다. 한 장을 뜯어내면 또 다른 무늬의 벽지가 이어졌다. 제각각 다른 벽지들을 헤아려보니 모두 여섯 겹이다. 여기에 살던 여섯 명의 세입자가 발라놓은 것이었다. 벽은 그들의 취향과 살아온 흔적을 뚜렷하게 남겨두었다.

"여기 살았던 사람, 어떤 사람들일까?"

그들 여섯의 인생을 간직한 벽에게 물어보고 싶었다. 그들은 왜 이곳에 왔고 어떻게 살았을까? 신혼살림을 차린 어린 부부였을까? 소일 삼아 비디오 대여점을 하던 중년의 부부였을까? 그들이 울고 웃던 수많은 시간들을 이 벽은 기억할까? 그렇다면 이 벽은 지금 우리를 어떤 마음으로 바라보고 있을까? 이전의 삶을 남김없이 지워내려고 켜켜이 앉은 흔적들을 모조리 뜯어내는 고약한 사람들이라고 할까? 여섯 겹의 벽지는 여섯 점의 그림 같았고 여섯 곡의 노래 같았다.

벽지를 모두 벗긴 벽에는 못을 박은 흔적처럼 군데군데 구멍이 있었다. 이 부분은 '퍼티'라고 부르는 흰색의 페이스트로 조심조심 메웠다. 퍼티는 버터처럼 끈적한 페인트인데, 조금 덜어 구멍에 넣고 평평한 주걱으로 싹 밀었다. 퍼티 작업까지 하고 나서야 페인트칠할 준비가 끝났다.

며칠 동안 면벽수행을 하듯 벽을 바라보았다. 벽이 벽과 닿은 모서리, 천장 그리고 바닥과 닿은 모서리들까지 구석구석 바라보고 손으로 매만졌다. 그렇게 내 손이 닿은 이 공간은 더 이상 낯설지가 않았다. 연인의 몸을 처음으로 구석구석 들여다보고 쓰다듬어 본 날이 그랬을까. 이 공간의 모든 모서리들을 오랫동안 기억할 수밖에 없을 것이다.

이제 우리랑 잘 살아보는 거야, 친구.

다음날 우리는 동네 페인트 가게에서 10킬로그램짜리 수성페인트 한 통과 롤러, 브러시를 샀다. 벽의 높고 넓은 부분을 칠할 때는 롤러가 편리하고 모서리나 롤러가 미처 칠하지 못한 부분, 천장 가장자리 몰딩에는 브러시를 쓴다. 키가 큰 J가 롤러를 맡고 내가 브러시를 맡았다.

"그렇게 하면 페인트가 뚝뚝 떨어져요."

낯선 목소리가 들렸다. 맞은편 철물점 아저씨가 문 앞에 서 있었다. 다 낡은 가게를 뚝딱뚝딱 고치고 있으니 동네 사람들이 여럿 호기심을 보이며 구경하고 갔는데 그도 그중 하나였다. 익숙지 않은 브러시를 들고 이리저리 움직이는 게 어설퍼 보였던지, 브러시 잡는 법과 칠하는 법을 보여주었다. 내 손목에서 뻑뻑하게 움직이던 브러시가 아저씨 손에서는 날렵한 스냅으로 사뿐사뿐 움직이며 매끈매끈 칠해나갔다.

"잠깐! 깜빡했다!"

J는 마스킹 테이프를 창틀과 문틀에 붙였다. 페인트가 묻지 않도록 마스킹 테이프 작업도 미리 해둬야 한다. 창틀과 문틀 주변은 가장 세심하게 칠해야 하는 곳이다. 넓은 벽에서부터 몰딩, 문과 창문의 틈새까지 칠하고 나면 텔레토비처럼 이 과정을 반복한다. 칠하고 말린 후 다시 한 번 칠하고 말리기.

모든 벽과 천장, 모서리의 몰딩까지 꼼꼼하게 두 번씩 칠하고
보니 흠 하나, 티 하나 없는 새하얀 벽이 되었다. 깨끗한 벽이 몹
시도 만족스러웠던 우리는 의자에 털썩 기대앉아 서로의 공로를
치하하며 약간의 휴식을 즐겼다. 그것도 잠시, 벽 하나에서 이상
한 점을 발견했다. 깨끗한 흰 벽에서 누런 흔적이 점점 떠오르는
것이다. 황급히 그 벽만 다시 칠하고 또 칠했는데 계속 같은 흔적
이 나타났다. 문을 열고 들어오면 곧바로 보이는 벽이라 그냥 내
버려두어서는 안 될 것 같은데…….

　"물이 스며든 자국인가? 다행히 벽 안에 물이 흐르거나 고인
건 아닌 것 같고."

　맞은편 철물점 아저씨에게 달려갔다. 그는 이 동네에선 흔한
일이라는 듯 대수롭지 않다는 투로 말했다.

　"벽이 곯아서 그래요. 유성 페인트로 칠해 봐요."

　벽이 곯는 일도 있구나……. 나는 고개를 끄덕끄덕 한다.

　유성 페인트는 시너와 섞은 후에 잘 저어가며 발라야 하는 조
금 더 수고스런 과정이 있지만 이런 경우에 제격이었다. 수성 페
인트를 서너 번 반복해서 칠해도 남아 있던 얼룩은 유성 페인트
칠 한 번에 말끔히 사라졌다. 같은 흰색이어도 수성 페인트는 푸
른빛이 도는데, 유성은 약간 노란빛이 돌고 광택감도 있다. 벽이
깨끗해지니 공사가 절반은 끝난 것 같다.

지금도 그 벽은 그대로 흰색을 유지하고 있다. 이 벽은 작업실 벽 중에서 유일하게 빛이 그림자를 만든다. 빛이 진해졌다가 옅어지는 과정이 감광지에 새겨지듯 흰 벽에 남는다. 자신의 그림이 벽에 비추는 빛의 그림자라고 에드워드 호퍼가 말했던가? 7년 동안의 빛이 이 흰 벽에 그림을 그렸다. 그 벽에 닿는 빛은 비어 있던 첫날처럼 여전히 맑다. 나는 그 벽에서 빛의 지문을, 그간의 시간을 온전히 본다.

작업실 공사 일지

▲ 2010년 3월 5일 – 작업실 계약

이 공간에 어울릴 만한 공간 구성안을 여러 가지 그려보았다. 가구 모양도 디자인해보고 가구 배치도 그려보고. 그런 나와 반대로 J는 실측하기 전에는 어떤 디자인도 하지 않는다며 팔짱을 꼈다.

▲ 2010년 3월 19일 – 공간 실측

가로 4.71미터, 세로 6.67미터, 높이 2.38미터. 공간은 꽤 넓다. 두껍지 않은 기둥 하나가 공간에 묘한 프레임을 만들고 있다. 공사는 3월 20일 이후부터 진행되겠지만 과정과 절차를 정리할 시간이 필요할 것 같다.

작업실의 공간 구성과 디자인 계획 수립을 먼저하고, 그다음 벽과 바닥, 천장의 재료와 색채 등을 구체적으로 계획한다. 다음 단계는 가구 디자인. 제작 발주를 해야 하기 때문에 미리 결정해둘 일이다. 공사가 마무리된 후에는 이사할 짐들을 정리한다. 인테리어 공사는 자칫하다간 불필요한 비용을 지출하게 될 우려가 있으므로 공정 관리가 필요하다. 어려운 건 아니고 진행 사항을 여러 차례 크로스체크 하는 것이다. 정신을 바짝 차리자. 우리에겐 1,2백도 큰돈이다! 쓸 데는 쓰더라도 아낄 수 있는 부분은 최대한 아껴야지. 모든 계획과 공사는 우리 손으로 할 것.

▲ 2010년 3월 22일 – 공간 디자인 (마스터플랜)

그동안 J와 나눈 이야기들을 종합하면 이렇다. 1) 홀 중앙에 긴 테이블을 놓아 일하는 공간으로 삼고 주변에 다양한 집기류들을 퍼트려 놓는다. 2) 개인적으로 일하는 공간과 사람들을 맞이하는 공간을 앞뒤로 나누고 아일랜드와 같은 가구로 중간을 구분해주자. 3) 공간을 대각선으로 그어 두 개의 삼각형으로 나누고 그것을 나와 J가 사용해 각기 다른 분위기를 내면 어떨까?

실측한 데이터를 바탕으로 우리가 나눈 의견을 담아 두 개의 디자인 안을 만들었

다. 스케치업이라는 컴퓨터 그래픽 프로그램은 입체적으로 공간을 디자인할 수 있는데 누구나 툴을 조금만 배우면 간단하게 사용할 수 있다.

긴 테이블을 대각선으로 두고 빈 벽에 책장과 선반을 두는 a안. 중간의 기둥과 낮은 층고 때문에 시원한 느낌이 잘 안 난다. 기둥 앞에 아일랜드를 놓아 앞은 손님 맞이 공간, 뒤는 업무 공간으로 쓰는 b안은 기능적으로 잘 연결된 것 같다. 블로그에 두 가지 안을 공개했더니 블로그 이웃들이 a안이 좋다, b안이 좋다며 신나게 갑론을박이다. 이런 과정도 쏠쏠한 재미를 준다. 독특한 분위기를 풍기는 a안이 아깝긴 하지만 b안으로 결정하고 세부 디자인에 들어갔다.

스케치업 프로그램으로 확인해보니 두 공간을 매개해주는 아일랜드의 역할이 크다. 예쁘게 만들어야겠다. 아일랜드는 간단히 조리도 하고 예쁜 식기도 두고 차도 끓여 마시는 등 다양한 용도로 사용할 수 있다. 안쪽 벽은 최대한 어두운 철판을 대서 자석으로 필요한 것들을 붙이는 형식. 앞뒤로 낮은 서가가 있고 펜던트 조명과 스탠드 조명을 적절히 놓는다.

디자인은 기본적인 것에서 시작한다. J는 "벽과 조명과 바닥을 효과적으로 활용하

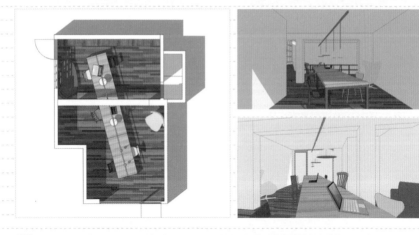

a안 긴 테이블을 중앙에 대각선으로 두고 안쪽 벽과 입구쪽 창가에 책장과 선반을 두어 Z자 형태로 구성한다.

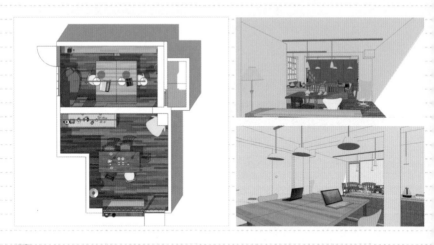

b안 기둥 앞에 아일랜드를 놓아 앞뒤 공간을 자연스럽게 나누고 앞은 손님맞이 공간, 뒤는 개인적인 업무 공간으로 쓴다.

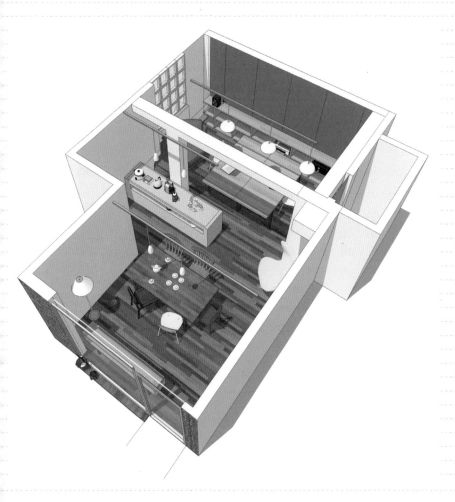

기능적으로 구분된 b안을 선택했다. 벽은 흰색 페인트를 칠해 환하고 깨끗하게,
전체 조명을 없애는 대신 펜던트 조명을 세 군데 설치하기로. 넓은 창 앞에 냉난방기 실외기를 설치한 것,
안쪽 벽 철판 위로 서가를 높인 것을 제외하고는 지금껏 이 구조를 그대로 유지하고 있다.

라"고 조언했다.

벽과 바닥, 천장은 공간의 기본적인 틀이다. 이것만 잘 정돈해도 새집의 효과를 낼수 있다. 도배만 새로 해도 낡은 아파트가 멀쩡해 보이듯이 말이다. 그리고 이 세가지로 공간은 자신의 언어를 가질 수 있다. 벽은 공간을 가장 크게 좌우하는 요소다. 감싸고 구획하며 공간의 언어를 결정한다. 그러므로 벽의 위치와 형태를 살피고, 색깔과 질감을 부여하는 것은 가장 먼저 신경 쓸 일이다.

두 번째는 조명이다. 잘 디자인된 가구도 중요하지만 그보다 분위기 있는 빛이 더 매력적인 공간을 만든다고 J는 말한다. 빛에서 결정해야 할 것은 색과 밝기, 그리고 위치. 작업실에는 전체 조명을 없애는 대신, 전선으로 길게 늘어뜨린 펜던트 조명과 스탠드를 놓을 예정이다. 약간 노르스름한 주광색 전구를 메인 조명으로 사용

하고, 수명이 길고 집중도가 높은 LED 전구를 스탠드에 사용한다.

모든 것은 마무리가 중요하듯, 공간의 마무리는 곧 바닥이다. 흰색과 잘 어울리는 짙은 색 나무나, 짙은 회색의 콘크리트라면 무난할 것이다.

바닥재는 몇 가지 선택지가 있다. 카페에서 자주 사용하는 방식으로 바닥을 깨끗하게 미장하고 에폭시로 마감하거나 데코 타일이나 강화마루를 선택할 수도 있다. 한 가지 더, 바닥 공사는 미리 결정해야

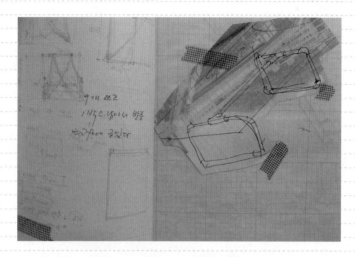

할 일이 있는데 바로 온돌 배선의 여부다. 작업실은 통유리창이라 보기에는 좋지만 겨울의 냉기가 실내로 그대로 들어오리라 짐작하고도 남았다. 겨울나기를 고려한다면 부분적으로 전기로 바닥 난방을 하는 것도 좋은 아이디어다. 바닥 난방을 한다면 강화마루가 적합하다. 간단하게 시공하려면 접착제를 발라 패널을 하나하나 붙이는 데코타일이 좋은데 접착제를 쓴다는 점이 썩 마음에 들지는 않는다.

일단 바닥 상황을 보기로 했다. 낡은 리놀륨 장판을 걷어냈더니, 바닥에 요철이 있었다. 그렇다면 강화마루를 깔기 어렵다. 바닥을 갈아서 평평하게 만드는 일도 고려했지만 공정이 복잡하고 비용도 발생하므로 여러 가지를 고려한 끝에 온돌은 배제하고 데코타일로 마감하기로 결정했다.

▲ 2010년 3월 28일 – 벽 마감 / 아일랜드, 테이블 디자인 발주 및 책상, 책장용 합판 발주, 펜던트 조명 구입

가구 디자인을 어느 정도 끝냈다. 수치가 기입된 도면을 그려야 합판의 분량과 각종 부품의 여부를 결정할 수 있다. 공사할 시간이 주말뿐이라 아쉽다. 벽지를 제거하고 페인트칠을 한 것은 일이 거의 끝났구나, 싶을 만큼 만족감을 주었지만 아직 아니다. 절반에도 이르지 못했다.

가구 발주를 마쳤다. 아일랜드는 디자인 도면과 함께 연남동의 목공방으로 주문서가 들어갔다.(지인찬스로 가격이 낮아졌다. 야호!)

● 가구 디자인 도면

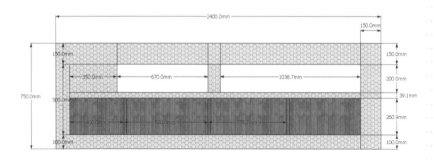

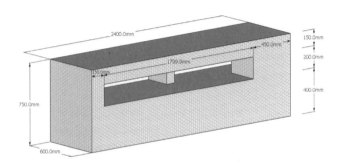

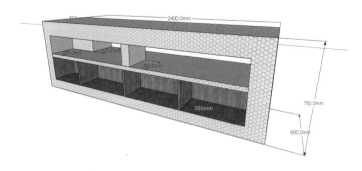

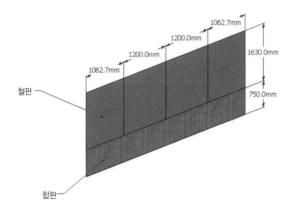

철판

합판

1062.7mm
1200.0mm
1200.0mm
1062.7mm
1630.0mm
750.0mm

전체 길이는 현장에서 정밀하게 측정할 것
바닥면이 울퉁불퉁 함으로 고려할 것

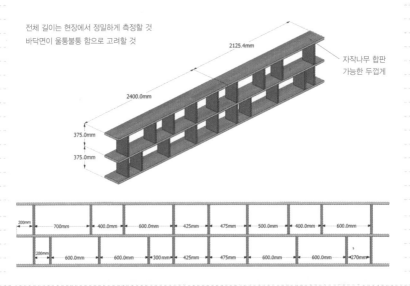

2125.4mm
2400.0mm

자작나무 합판
가능한 두껍게

375.0mm
375.0mm

200mm | 700mm | 400.0mm | 600.0mm | 425mm | 475mm | 500.0mm | 400.0mm | 600.0mm

200mm | 600.0mm | 600.0mm | 300mm | 425mm | 475mm | 600.0mm | 600.0mm | 270mm

앞쪽에 둘 자작나무 테이블(완제품)은 을
지로4가에 있는 가구 가게에서 제품을 확
인하고 원하는 사이즈(900×1800mm)
로 주문했다. 의자도 각각 다른 걸로 다섯
개를 골랐다. 모두 2주 후 배송 예정. 상상
마당 디자인스퀘어에서 디자인 조명 두 개
를 아주 저렴한 가격에 구입하는 쾌거도.
책상과 서가를 만들 자작나무 합판은 J의
친구가 운영하는 도매업체에서 지인찬스
를 활용해서 구입했다. 매끈하고 부드러
운 자작나무 합판은 코팅 작업을 거쳐 작
업실로 배송될 예정이다. 피곤했는지 밤
에 쥐죽은 듯 잠들었다.

▲ 2010년 4월 3일 – 책상과 서가, 기타
인테리어 작업 / 전기배선 공사

재단이 필요한 작업이 진행되었다. J의 후
배 주타 씨가 일을 거들러 왔다. 안쪽 벽은
합판으로 뼈대를 만들어 고정한 후에 철
판을 붙였다. 책상과 서가를 만들 자작나
무 합판은 J의 디자인 도면대로 재단했다.
재단과 조립을 위해 공사장에서나 쓸 법한
소음이 굉장한 기계들이 들어왔다. 먼지도
많이 나서 계속 진공청소기를 돌렸다.
미송으로 제작한 아일랜드가 배달되어 왔
다. 크기도 크지만 무게가 만만치 않다.
이사하게 되면 안타깝게도 두고 갈 수밖
에 없겠다. 아일랜드는 최고의 선택이었
다. 타일을 붙이려고 거칠게 마감한 상태
로 왔는데, 그게 그런대로 괜찮다. (타일
을 전체에 붙이는 것은 비용이 예상을 뛰
어넘는 고가였다.) 그러나 차도 끓이고 조

리도 하려면 내구성 있는 재료로 상단 마감을 해야 한다. 무엇이 좋을까? 아이디어가 필요하다. (결론을 이야기하자면, 상판은 얇고 질 좋은 스테인리스 스틸 판을 사이즈에 딱 맞게 얹었다. 친구 손짱이 스테인리스 공장을 하시는 아버지에게 특별히 부탁한 것이다. J는 이 판이 얇고 감각적이라며 아주 마음에 들어했다.)

공사 도중에 J의 후배 건축가들이 종종 놀러왔다. 우리는 간식을 사 들고 찾아온 그들에게 주걱과 페인트 롤러와 드릴을 건네주었고 그들은 기꺼이 노동에 동참했다. 여러 사람들의 손이 닿은 작업실이 된 셈이다.

전기배선 공사도 끝났다. 펜던트 조명을 설치할 전기배선 릴을 천장에 붙였고 작업실에 둘 전기제품들을 충분히 수용할 수 있는 콘센트 배선작업까지 완료. 처음엔 어찌하나 난감해하던 J는 공학도다운

사고력으로 척척 해냈다. 잘했어!
아직 끝난 건 아니다. 청소 또 청소.

▲ 2010년 4월 6일
이틀 동안 몸살 앓다.

▲ 2010년 4월 10일 - 바닥 시공
오늘은 바닥 공사를 하는 날이다. 다시 한
번 을지로4가. 바닥재 전문 상점에서 데

코타일을 골랐다. 조금 밝은 나무색과 점
점 어두워지는 나무색 사이에서 고민하다
가 짙은 갈색의 월넛 컬러를 골랐다. 나는
월넛 컬러를 그다지 좋아하지 않지만, 벽
과 천장이 흰색이고 가구는 밝은 색(자작
나무)이라서 바닥은 어둡고 짙어야 잘 어
울린다고 판단했다. 리놀륨 장판을 걷어
내고 바닥을 깨끗이 청소한 다음 접착제
를 바르고 데코타일을 하나씩 붙여나간

다. 바닥이 넓어서 이틀은 꼬박 달라붙어
야 할 것이라고 예상했는데, 오전 10시에
시작해서 오후 5시에 종료. 강력하게 다
져진 팀워크 덕분이다. 진공청소기를 돌
리고 나니 이로써 공사 종료!

▲ 2010년 4월 12일 - 테이블 배송 / 책과 물건들 이사

작업실에 둘 물건들이 잔뜩 든 박스와 가
방을 승용차에 실었다. 대부분은 책과 서
류이고, 프린터나 스캐너 같은 사무용 기
기도 있다. 홍차와 찻잔들은 조심스레 천
으로 감쌌다. 찻장에 고이 모셔 두었던 찻
잔을 작업실로 옮겼으니 이제 티타임을
자주, 제대로 즐기게 될 것 같다. 단번에
모두 옮기진 못하겠고, 승용차로 여러 날

조금씩 옮기기로 했다.

주타 씨가 합판 재단 후 남은 자투리 원목
으로 서랍을 몇 개 만들었다며 가져다주
었다. 그릇 보관함으로 쓰기에 적합해서,
찻잔을 잘 포개넣고 리넨을 덮어두었다.
을지로 가구 가게에서 주문한 테이블도
예정일에 맞춰 배송되었다. 완벽하게 크
고 반듯하다. 책상 다리가 될 철제 프레임
이 마무리되지 않은 탓에(J가 관련한 공
사 현장에서 제작해올 예정) 책상 상판만
벽에 기댄 상태였으므로 넓은 테이블이
더없이 반갑다. 서가에 책을 채우고 아일
랜드에는 그릇과 차를 넣어두니 제법 사
람 사는 공간다워졌다. 뜨거운 차 한 잔!
오늘부터 작업실 인생, 시작이다.

만들고 주워 모으고
언어온

처음 작업실을 구상했을 때와 지금은 얼마나 달라졌을까?

작업실을 계획하던 즈음, 나는 개인 블로그에 '작업실 프로젝트'라는 카테고리를 하나 만들었다. 디자인 아이디어도 정리하고, 공사를 시작하면서 날마다 변화하는 공간의 모습을 기록해두고 싶었다. 공사일지도 작성하고 내가 좋아하는 느낌의 공간들도 스크랩했다. 좀 더 시간을 갖고 아이디어도 내고 고민해보아도 좋았을 텐데, 작업실 계약하고 공사하는 일정이 생각보다 재빨리 이루어졌다. 흘러가는 상황에 대처하느라 몸살이 나서 며칠 앓은 적도 있었다.

가끔 그때 정리했던 것들을 뒤적여보면 지금은 조금 빛바랜

초심을 발견하게 되어 기분이 좋아지곤 한다. 내가 꿈꾸는 작업실이 어떤 것인지 구체적으로 생각해보기 시작한 때였다. 그때 나는 길쭉하거나 뒤틀리거나 삼각형이어도 상관없는 크지 않은 공간을 원했다. 그리고 노트에 이렇게 적어두었다.

> 볕이 차단되지 않고 바람이 잘 드나드면 좋겠어. 오랫동안 사용해서 생채기가 많이 난 나무 서랍장과 책상이 있고, 나무 바닥의 은근한 울림이 있으면 좋겠어. 즐겨보는 잡지와 내가 좋아하는 작가들의 책이 가지런히 꽂혀 있기도 하고 자유롭게 쌓여 있기도 한 묵직한 책장이 있어야 하겠지. 그림 액자들은 슬쩍 벽에 기대어두어 자연스런 멋을 살리는 게 포인트야. 의자와 조명은 모양도 색깔도 제각기 다르지만 서로 잘 어울리는 걸로 천천히 골라봐야지. 고급스럽지 않더라도 시간이 켜켜이 묻어서 멋스런 것들로 채워두고 싶어.

그런 아이디어들을 구체화하기 위해서 내가 직접 본 것들이나 잡지 같은 데서 발견한 이미지들을 조금씩 스크랩했다. 제주도 김영갑 갤러리에서 넓은 서랍 겸 책상을 보고서 내 작업실에도 이런 걸 놓고 싶다고 생각했다. 옹이가 그대로 드러난 얇고 섬세한 느낌을 주는 나무였다. 매끈하고 부드러운 촉감은 밀가루 반죽 같았다. 근대문화유산 기행을 하면서 구경했던 대전 오정동 선교사 주택에는 근사한 나무 서랍장이 있었다. 백 년은 족히 된 가구의 고색창연함이란 무엇으로도 흉내 낼 수 없는 물성이었다. 단단하고 멋스런 가구와 창가로 새어든 햇살의 눈부신 만남은 그 어떤 풍경보다도 따스했다. 그건 가구의 힘만은 아니었다. 매일같이 매만지고 가꾸는 손길이 있었기 때문이었다.

한남동의 한 골동품 가게는 독특한 느낌으로 나를 유혹했다. 외관은 나무판을 거칠게 이어 붙인 창고처럼 보였으나, 커다란 문을 열면 내부는 레이스와 포근한 천들로 아늑하게 꾸며진 방이 나왔다. 거친 재료와 부드러운 재료가 충돌하면서 묘한 분위기를 느끼게 했다. 이러한 충돌과 스며듦을 공간으로 경험할 수 있다면 얼마나 좋을까? 한 장소에 이런 취향이 모두 발현될 수는 없다. 수많은 스크랩 이미지에서 관통하는 느낌이나 분위기들을 건져내어 작업실이라는 새로운 공간에 뿌려넣기만 해도 좋다.

나는 이 공간이 길고 긴 삶이 스쳐간 흔적이 담긴 장소가 되길 바랐던 것 같다. 바람이나 햇볕, 나무를 가까이하고 별 것 없지만 편안하게 사람들을 감싸줄 수 있는 그런 장소를.

한창 공사 중일 때 주타 씨가 등장했다. 가구 제작하는 데 도움을 받으려고 J는 건축과 후배이자 인테리어 시공 현장에서 일

하는 그를 불렀다. 연희동 주민인 주타 씨는 금방 달려왔고, J가 그린 가구 설계도를 살펴보며 씩 웃었다.

"벽에 목재 앞판을 대고 철판을 단다고? 여기에 아일랜드를 놓고?"

"자작나무 합판을 잘라서 이렇게 가구를 만든다고?"

"형, 자작나무 합판 살 때 나도 몇 개 사자. 좋은 값에 해줘."

"나무인이라고 요 앞에서 목공하는 친구들이랑 친해. 아일랜드는 그 친구들에게 원가로 부탁해볼게."

"공사 좀 도와줄테니, 나 급할 때 형도! 알지?"

이런 대화를 나누며 주타 씨와 J는 낄낄 웃었다.

주타 씨는 아일랜드 제작을 발주하고 필요한 장비들을 대여해 왔다. 작업실은 컴프레서 같은 큰 공구들이 들어와 발 디딜 틈 없어졌다. 거대한 기계들이 원목 합판을 자르고 분리하고 접합했다. 주타 씨가 끼어드니 난항이었던 일들이 빠른 속도로 나아갔다. 한편 예상치 못했던 일들도 있었다. 그는 빈손으로 오는 일이 없었으니까. 때론 우리가 원하지 않는 물건들도 가득 안고서.

"이 소파, 형 주려고 가져왔어."

사람 좋게 웃는 주타 씨에게 우린 대꾸하지 못하고 덥석 받아 들었다. 어느 사무실 창고에서 발견한 건데, 비도 맞지 않았고 상한 데 없이 깨끗해서 쓸만하다는 것이었다. 패브릭의 색깔이 썩 맘에 들지 않았지만 좋은 의도로 가져다준 물건이었다. 우리는 당분간만 사용하자며 적당한 자리에 소파를 놓았다. 그 소파는 지금껏 그 자리에 있다.

"야, 철판 색깔이 그게 뭐야! 구로 철판이랬잖아. 시커먼 거."

J가 큰 소리를 지른다.

"아, 이거 아닌가? 그냥 이걸로 해. 은색 도니까 좋네."

벽에 부착할 철판은 컬러 요소로 아주 중요한 부분이었다. 흰 공간과 검은 철판의 콘트라스트를 주고자 했던 J는 주타 씨가 밝은 회색빛 철판을 들고 오자 당황하지 않을 수 없었다. 그는 또 사람 좋게 웃었다. 그 웃음에서 우리도 어쩔 도리가 없었다. 철판 아래 낮고 긴 서가가 자리 잡았다.

"밝은 색도 괜찮네, 뭐."

주타 씨는 이마를 쓸어올리며 말했다. 몇 년 후에, 넘쳐나는 책들을 수납하느라 책장을 더 높이 쌓아올리는 바람에 회색의 철판은 가리게 되었지만, J는 한참 동안 회색 철판이 영 마음에 들지 않아 떼어내려고도 했다가 한편 그런대로 괜찮아보였다가 해서 내내 갈팡질팡했다.

"벌써 4시네. 우리 티타임 하자."

한창 공사를 하다가도 이 시간이 되면 뜨거운 차 한 잔을 마시

며 달콤한 휴식을 즐겼다. 조그만 책상에 전기포트를 연결해서 물을 끓이고 종이컵에 티백 홍차를 우렸다. 물 끓는 소리가 들리면 공사를 멈추고 둥근 스툴을 가져와 모여 앉았다. 뜨거운 홍차 한 모금이 근사하게 느껴진 것은 마음 탓이겠지. 런던에서 사온 이 홍차의 이름은 '애프터눈 앳 더 팰리스 Afternoon at The Palace'. 바로 이 순간에 대한 은유였다.

가구를 고를 때는 아는 그래픽 디자이너의 도움이 있었다. 홍대 앞에 작은 카페를 연 그녀로부터 눈물겨운 카페 창업기를 들으러 갔다가 이야기보다 커다란 테이블에 시선이 고정되고 말았다. 기본적인 디자인에 단단한 물성의 가구였다. 그녀는 을지로의 한 가구 가게를 일러주었다. 자작나무 합판으로 틀을 짠 테이블은 원하는 크기로 주문이 가능하다고도 귀띔해주었다.

을지로3가와 4가는 조명, 가구, 내외장재를 취급하는 가게들이 모여 있어 인테리어 공사를 할 때 한번 가볼만한 곳이다. 한 장소에서 원스톱으로 해결할 수 있는 건 분명 장점이긴 하지만, 뭔가 2퍼센트 아쉬움이 남는다. 어디에나 있을 법한 무난한 가구들을 고르게 된다는 점 때문이다. 그래서 스칸디나비안 빈티지나 인더스트리얼 빈티지처럼 조금은 다른 미감, 매혹적인 이야기가 담긴 가구를 찾게 되는 것이다. 수공예품이 가진 특별한 매력을 값싸고 기능적인 제품들에 요구할 수는 없다. 을지로에서는 딱 필요한 것만 최소한으로 구입하기로 했다. 가구며 조명이며 여러 곳을 구경하다 보니 약간의 안목이 생기는 것 같다. 그러나 가구는 필요하다고 당장 사기보다는 오랫동안 마음에 두고 살펴보다가 적당한 것이 나타났을 때 구입하는 것이 현명한 방법이다.

"좀 싸게 해주세요. 의자도 몇 개 구입할 거예요."

J나 나나 흥정에는 재주가 없는데도 K부장이라는 명함을 사용하는 점원은 맘씨 좋게도 무리하다 싶은 가격에 오케이 했다. 이로써 자작나무 합판 테이블과 각기 다른 모양의 의자 다섯 개를 적당한 가격에 주문제작 할 수 있었다. 조명은 펜던트형과 스탠드를 적당히 배열해놓을 생각이었다. 가끔 들르는 상상마당 디자인스퀘어에서 신진디자이너의 유니크한 조명 제품을 좋은 가격에 구입했다. 다른 것보다 조명을 구입할 때 가장 신이 났다. 깨질까 조심조심 들고 오는 기분이 알싸했다. 어떤 빛을 선물해줄까, 그걸 상상하느라 그랬을까? 나머지는 크게 중요하지 않았다. 오랫동안 살펴보면서 조심스럽게 하나씩 데려올 참이었으니까. 그리고 직접 만들고, 주워 모으고, 얻어온 것들로 공간을 채울 테니까.

책장과 책상을 접합하고 가구공방에서 아일랜드가 들어오고

데코타일로 바닥을 깔자 공사가 끝났다. 복잡하고 큰 공사판 장비들이 모두 철수했고 먼지와 부스러기를 몰아내느라 오랫동안 청소를 했다. 조명을 매달고 버튼을 누르니 마술처럼 불이 켜졌다. 탄성이 터져 나왔다. 믿을 수가 없었다. 우리가 이걸 해내다니!

따뜻하고 노란색의 불빛이 물결처럼 퍼지자 텅 빈 공간에 음영이 춤을 추었다. 우리가 만든 것들이 제자리에 놓여 있었다. 책장이고 아일랜드고 아직은 텅 빈 채였으나 그 자체로 온전한 것처럼 보였다. 충만했다. 안심되었다.

내 공간이란 이런 것이었다.

보이지 않는
원칙

작업실에는 보이지 않는 규칙이 있다. 그 첫 번째는 '75센티룰'이다. 바닥에서 75센티미터 높이 위로는 가구나 눈에 띄는 것들을 두지 않는다는 원칙이다. 테이블, 책상, 서가, 아일랜드의 높이가 모두 75센티미터다. 그래서 냉장고도 그 높이에 딱 맞는 걸로 골랐다. 상판 위는 어떤 선반도, 찬장도, 심지어 액자도 걸지 않고 비워둘 것이다. 아일랜드 위는 찻잔과 주전자 외에는 흰색 공간만이 보일 것이다. 75센티미터 위로는 가구나 물건이 아니라, 음악으로, 향기로, 책을 읽는 모습으로, 사람들의 움직임으로 채우려고 한다.

두 번째는 '감추지 않기'다. 어떤 물건이건 일단 수납장의 문

안이나 서랍 속으로 들어가게 되면 결코 찾을 수 없다는 경험에서다. 물건들은 모두 노출될 것이다. 그러므로 자주 정돈하고 자주 청소해야 한다.

세 번째는 '최소한의 전기용품'이다. 일상에서 쓰는 전기기구는 생각보다 많다. 작업실에 있는 가전제품만 해도 모니터, 노트북, 프린터, 냉장고, 토스터기, 순간온수기, 네스프레소 커피메이커, 전기밥솥, 전기포트, 선풍기, 제습기, 가습기, 인버터 냉난방기, 온열기, 오디오, 스피커, 와이파이 공유기, 휴대폰 충전용 어댑터 등등 콘센트가 상당히 많이 필요하다. 필요한 것들을 다 들였다간 작업실이 가전제품들로 발 디딜 틈 없게 될지도 모른다. 가전제품은 꼭 필요한 것들만 놓고, 대체할 수 있는 것을 찾아보거나 가능하다면 없이 산다. 최소한의 물건들만 들이고, 어느 정도의 불편은 감수할 것이다. 사람들은 왜 전자레인지와 정수기를 두지 않느냐고 묻곤 하는데, 나에겐 그다지 필요치 않다.

삶이란 물건과의 공존을 뜻하는 것인지, 책이며, 커피와 홍차 도구들이며, 그릇이며, 사무용품들이며, 살림살이가 나날이 늘어난다. 작은 선반을 달아 쉽게 꺼내 쓰고 싶은 마음도 있었고, 키가 큰 나에게 아일랜드 높이가 낮다는 생각도 하게 되었다. 좋아하는 사진작가의 작품을 벽에 걸어두고도 싶고, 너저분한 것들을 몽땅 쓸어 담아 넣어둘 서랍을 살까 고민도 했다. 하지만 한

번 결정한 원칙은 깨지 않기로 했다. 조금 불편해도 원칙을 지키며 살아보기로 했다.

채우기보다 비워낼 수 있으면 좋겠다. 눈에 보이는 것보다 보이지 않는 것들, 향기와 음악, 그리고 어떤 자취와 흔적, 온기와 속삭임을 간직한 채로 간결한. 여기 이 공간은 그랬으면 좋겠다.

조금 먹고, 몸을 움직여서 일하고, 자주 닦고 쓸고, 계절마다 달라지는 것들을 오래도록 바라보고, 기본을 지키며 단순명료하게 살아가고 싶다. 공간과 닮은 나로 살아가고 싶다.

이윽고 달콤한
작업실

J가 친구 K와 함께 나타났다.

J: 자, 작업실을 구경시켜주지. 일단 문을 열고.

K: 오!

J: 어디가? 여기 서야지. 여긴 회의실 겸 접대 공간이야. 때론 20명까지 수용하는 대형 연회장이 되지.

K: 오, 대단한 걸.

J: (팔을 잡아끌며 옆으로 걸어간다) 어이, 여기로 와보라고. 여긴 탕비실 겸 주방 겸 식당 겸 휴게실이지.

K: 흠, 되게 넓네. 아직 다 못 봤어.

J: (자신의 책상을 가리키며) 이쪽은 소장실, (다시 맞은편에 있

는 책상을 가리키며) 저쪽은 실장실.

K: 오, 이제 다 본건가?

J: 아냐, 저쪽에 화장실 겸 세면대 겸 휴게장소.

K: 알았다구.

작업실에 입주하게 된 시기는 J와 함께 준비한 근대문화유산 기행서가 출간된 날짜와 겹쳤다. 우리는 새 책도 알리고 우리의 작은 공간도 소개할 겸 출판기념회를 겸한 오픈 스튜디오를 열었다. 초대장을 만들고 손님맞이 다과를 준비하는 한편, 책을 쓰기 위해 1년 동안 했던 여행을 되돌아보는 자료도 만들었다. J가 새로운 사무실을 연다는 소식을 전해들은 선후배들이 작업실에 필요한 몇 가지를 기꺼이 선물해주었다. 이전 사무소 소장님들이 키 큰 스탠드를, J와 나의 만남을 주선해준 후배 L은 빨간색 의자를, 고교 동창인 S는 미니 밥솥을, J와 함께 일했던 지인들이 핫플레이트와 미니 냉장고를. 하나씩 채워지면서 제법 어엿해졌다.

오픈 스튜디오를 하는 날, 꽃과 음식을 들고 사람들이 찾아왔다. 다들 소박한 작업실에 놀라움과 반가움을 표했다.

"둘을 닮았네."

아들딸을 봤을 때나 할 법한 이야기를 하는 사람도 있었다. 우리가 서로를 닮고 주변의 것들이 우리를 닮아가는 게 인생의 맛이겠지.

J와 나를 찾아온 이들은 대부분 30대 초중반부터 40대 후반까지였다. 새로운 가족을 맞이하고 살림살이가 늘어날 때이며, 일에 있어서도 한창 바쁘고 집중해야 할 시기였다. 결혼식이나 장례식이 아니면 이들과 만나기가 점점 어려워졌다. 그래서인지 만남은 늘 과장된 기쁨과 아쉬움으로 기념되곤 했다. 오랜만에 만난 사람들과 과거의 연결고리가 진하게 회오리쳤다. 짧다고 해도 이즈음의 만남은 서로에게 울림이 컸다. 이렇게 만난 후에 또 한동안은 서로를 잊고 살아가겠지. 그러다 불현듯 찾아오는 소식에 크게 기뻐하고 또 크게 놀랄 우리들.

오픈 스튜디오를 한 다음날이었다. 간밤의 시끌시끌한 열기가 여태 남아 있었던지 예열된 기분이 가시지 않았다. 한여름 밤의 꿈처럼 한바탕 소동극이 벌어졌던가 싶었다. 친구들이 가져온 작은 선물들과 화분들에 적당한 자리를 찾아주고 차를 끓였다.

작은 허브와 들꽃일수록 오랫동안 잘 키우기가 어렵다. 그래서 한철 예쁜 아이들은 들여놓기가 망설여진다. 어찌되었건 꽃과 나무가 우리를 찾아온 다음에는 자주 봐주고 닦아주고 물주고 하는 게 도리다. 햇볕과 물만 있으면 각기 다른 이파리와 꽃을 피우고 열매를 맺다니, 식물이란 참으로 놀랍고 현명하다.

찻잔을 들고 의자에 앉아 창밖을 바라보았다. 간밤의 두근거림과 감동이 제법 오래 심장 곁에 머물렀다. 차를 마셔도 커피를 마셔도 진정되지 않았다. 앞으로 이곳에서는 많은 행사가 열리고 헤아릴 수 없을 정도의 사람들이 찾아오게 되리란 것을 아직은 알지 못할 때였다. 많이 모이면 모일수록 이 공간은 자꾸 틈을 열어 사람들을 수용한다는 것도, 모두가 돌아간 밤에 뒷정리를 끝내고 소파에 앉아 장중한 클래식을 들으며 침잠할 때가 이 공간이 가장 평온하고 아름답다고 느끼게 될 줄도 아직은 모른다. 폭풍같이 휘몰아친 일을 온전히 마무리한 후의 고요함이란 무더운 여름날 마시는 사이다처럼 상쾌하다는 것도 한참 후에야 알게 될 것이다.

고요한 작업실에서 나는 앞으로도 여기서 가능한 한 많이 모여 크게 웃고 크게 이야기할 거라고, 그럴 수 있다고 확신했다. 꼭 그렇게 할 거라고 다짐했다.

그런 공간에는 어울리는 이름을 붙여준다면 무엇이 좋을까? 우연하고 멋진, 사랑스럽고 행복한 이름을.

"달콤한 작업실, 어때?"

촉촉하고 다정한 이름이었다. '달콤한'이라고 발음할 때 혀와 코에서 흐르는 공기의 흐름이 마음에 들었다. 그리고 '달콤한' 속에는 '달'이 숨어 있다. 우리의 시선을 저 밤하늘로 아우르게 하는 비밀스런 존재. 때때로 보이지 않는 그 뒷모습까지 열렬히 탐구하게 하는 상상력 가득한 존재. 달콤한 작업실은 달콤한 향이 흐르고 달빛이 그윽한 방이 될 것이다.

작업실에서 보내는 시간이 장미와 술의 나날처럼 달콤하길. 여기 모인 사람들이 모두 달콤한 인생의 한 페이지를 만들게 되길.

작 업 실 ,

내 두 번 째 집

2012년 봄, 조각가 베르나르 브네 Bernar Venet의 작업실을 취재하러 남프랑스 르뮈 Le Muy라는 작은 도시에 갔다. 베르나르 브네는 강철을 이용해서 거대한 조각을 만드는데, 국립현대미술관의 정원에 그의 작품이 전시되어 있어 우리에게도 조금은 친숙한 예술가다. 예술가의 작업실을 방문할 때, 기대하는 바가 있다. 영혼을 고취시켜줄 예술의 영감과 삶의 아우라! 베르나르 브네를 찾아갈 때도 그런 설렘이 있었다.

르뮈는 관광지도 아니며 주민들도 많지 않은 소읍이었다. 거기에 베르나르 브네의 '영지'가 있었다. 브네는 계곡이 흐르는 평평한 들판에 몇 채의 집과 너른 정원과 전시 공간을 두고서, 작품 활동을 하고 사람들을 만났다. 드넓은 장소를 마주한 우리 일행(사진작가, 후배 에디터, 코디네이터)는 기함할 수밖에 없었다. 예술의 영감 운운하기에 베르나르 브네의 작업실은 실로 방대했기 때문이다. 그의 대표작이 전시된 두 채의 건물은 웬만한 시립미술관을 방불케했고, 브네가 소장해온 예술품들을 전시해둔 게스트하우스 역시 박물관이라고 해도 손색이 없었다. 프랭크 스텔라, 크리스토와 잔 클로드, 리처드 롱, 솔 르윗, 아르망, 엘즈워스 켈리, 도널드 저드 등의 작품들이 지키는 사람도 들어가지 말라는 테이프도 없이 벽에 걸려 있었다.

정원은 시민공원 정도의 규모였다. 연못과 계곡, 분수가 있는 풀밭에 브네 씨의 대형 작품이 놓여 있었다. 그리고 브네 씨가 사랑하는 스포츠카도 눈에 띄었다. 부가티며 포르셰며……

그런데 뭔가 이상했다. 잔뜩 겁을 집어먹을 만큼 급이 높은 예술작품들이 헤아릴 수 없을 정도로 걸려 있는 데다 규모도 영지라는 말이 딱 어울릴 만큼 거대했지만, 이상하게 그 집에서는 주눅 들지 않았다. 만지지 마라는 작품도 없었고 들어가면 안 되는 장소—침실만 빼고는—도 없었다. 모든 것은 오픈되어 있었다. 공간은 넓지만 넉넉한 여백이 편안했고, 관리자라고는 말수 적고 소심해 보이는 청년 알렉상드르뿐이었다. 화려한 살림살이도

없었고, 위압감을 주는 그 어떤 장식들도 없었다.

브네 씨는 당시 일흔을 넘긴 나이였지만 그의 집에는 젊은 사람들이 자주 드나들었다. 정원을 가꾸고 집안일을 하는 사람들, 사무를 도와주는 비서 알렉상드르, 페인팅 스튜디오에서 일하는 조수들이 번갈아 찾아와 이야기를 나눴고, 파트너이자 친구인 갤러리스트들도 멀리서 찾아왔다. 그들은 조용조용 일에 대해 이야기를 나눈 후에는 자기 집처럼 자유롭게 드나들며 개인적인 일들을 했다. 그들의 느릿한 몸짓이 흥미로웠다.

나는 주택컨설팅 회사의 의뢰로 잡지를 만들고 있었는데, '세컨드하우스', 즉 두 번째 집에 대해 다양하게 생각해보는 내용을 계획하고 프랑스 곳곳을 취재하던 중이었다. 휴가지의 화려한 주택, 아주 작은 별장, 예술가의 작업실, 집의 형태를 벗어난 재미난 형태의 휴가주택, 함께 쓰는 세컨드하우스 등 제2의 집이 담고 있는 다양한 이야기들을 직접 들어보면서 주거에 대한 생각을 재점검해보려는 기획이었다. 이 이야기를 전달했을 때 브네 씨는 손가락을 귀 옆에 갖다 댔다.

"여긴, 내 첫 번째 집인데……."

물론 그에겐 파리에도 아파트가 있고 그리스에 여름휴가를 보내는 별장이 있었다.

"그렇지만 여기 있을 때가 가장 행복해요, 편안하고. 작업도 하고, 사람들과 뭘 하기도 하고."

브네 씨가 생활하는 공간은 '공장'이라 부르는 건물의 한 쪽이었다. 건물은 실제 제분 공장을 개조한 것으로 작품 전시 공간과 페인팅 스튜디오가 함께 있었다. 브네의 컬렉션이 화려하게 펼쳐지는 게스트하우스는 150년 된 물방앗간이었다. 집이 참 예쁘다고 하니 정작 브네 자신은 그 집에서 자고 싶은 마음이 별로 생기지 않는다고 했다. 예술작품에 둘러싸인 넓은 방에서 평온한 밤을 보내기가 어려운 모양이었다.

브네 씨가 실제 사용하는 공간은 그리 넓지 않았다. 전시장과 스튜디오, 집이 결합되어 있기에 방대하다고 느꼈을 뿐, 그가 사무를 보는 공간은 3단 서류함이 둘러싼 8인용 테이블 정도였고, 바로 옆에 있는 주방 겸 식당에서 간단히 식사를 했다. 침실 등 그의 사적인 공간은 바깥에서는 가늠할 길이 없지만, 그리 크지 않아 보였다.

그는 한참을 르뮈라는 한적한 동네를 예찬하고 이 집에서 보내는 시간의 소중함을 이야기했다. 이 동네가 자신을 기다리고 있었던 것 같다고, 이 집을 '진정한 집'이라고 말했다. 아름다운 자연과 소박한 인심이 있고, 예술과 사람과 장소가 자연스럽게 어울린다고. 그러한 이유로 파리도 뉴욕도 아닌 외딴 조용한 마을에 아틀리에와 재단을 겸한 집을 갖게 되었다.

촬영 시간이 제법 길어졌다. 여러 장소들을 직접 보여주고 설명해주던 브네 씨도 슬슬 지쳐가는지 정원에 놓인 작은 의자에 주저 앉았다. 촬영팀들도 한낮의 열기에 지쳐서 제각각 쉴 자리를 찾아 들어갔다. 누군가는 햇볕을 피해 거실 안으로 들어가 소파에 드러누웠고, 또 누군가는 정원에 놓인 파고라 벤치에 앉아 분수를 바라보기도 했다. 그는 비좁은 철재 의자에 앉아 우리를 도와주러 파리에서 온 한국인 갤러리스트와 작은 목소리로 소곤거렸다.

문득 그의 맨발을 보았다. 그는 신발을 벗고 맨발을 잔디 속에 묻은 채로 셔츠를 느슨하게 풀고 이야기를 하다 말다 까무룩 눈을 감았다. 촉촉한 잔디의 시원한 감촉이 내게도 전해지는 것 같았다. 나는 브네 씨가 진정 이 집에서 보내는 시간을 좋아한다는 것을 알 수 있었다. 흙과 풀의 초록색이 묻은 맨발, 드문드문 이어지는 목소리, 그의 몸에 익숙하게 닿은 의자들, 가볍게 흐르는 물소리, 그리고 자연의 일부처럼 놓여 있는 자신의 작품들. 자신이 사랑하는 모든 것이 자연스럽게 놓여 있었다. 그의 삶도 행동도 모두 자연스러웠다. 그래서 그 집이 우리 모두에게 편안했던 것이다.

모든 게 자연스러워지기까지 얼마나 많은 시간이 필요할까?

나와 공간이, 나와 타인이 서로 겉돌지 않고 자연스러워지려면 어떤 노력을 해야할까? 내 삶과 나란 존재가 온전히 밀착되려면? 그건 나의 목소리, 내 이야기가 바깥으로 스며 나온 후에야 가능해질까?

나는 멋지게 디자인되고 고급스럽게 다듬어진 곳보다 그곳에 살아가는 사람들의 이야기가 담긴 장소를 더 좋아한다. 사사롭더라도 애정 어린 이야기가 담긴 물건이 귀하고 아름답다. 그리고 몰두하는 것과 하는 말과 살아가는 방식이 일치하는 사람들을 볼 때 진정 아름답다고 느낀다. 생활과 완벽하게 동화된 공간은 진정한 감동을 준다. 새로 지어 반짝거리는 건물보다 오래되어 낡았지만 반질반질 윤이 나도록 닦고 아끼는 사람들이 있는 공간에 더욱 애정을 느끼게 되는 것은 그런 이유다.

베르나르 브네의 집에서 나는 내 작업실을 떠올렸다. 작업실은 어쩌다 마주친 물리적인 사물이 아니라 내가 걸어가는 길목에 놓인 인생의 한 부분이 될 거란 생각이 들었다. 나와 닮은 모습으로 내 이야기들을 품고 드러내는 이 공간에서 내 모습도 자연스럽고 평화로워지길 바랐다.

스무 날이나 비워두었던 내 작업실의 문을 열었다. 익숙한 냄새가 강아지처럼 내게 달려들었다. 나는 취재자료로 무거워진 가방을 테이블 위에 올려두고 작업실을 천천히 돌아보았다. 나를 기다려온 수줍은 연인에게 나는 안심한 얼굴로 인사한다.

　나 다녀왔어.

공상의
다락방

작업실은
'빈' 공간이다.
그 경계 안에
나를 중심으로 돌아가는
우주가 있다.

연 남 동

산 책

1

연남동의 여름은 능소화로 시작된다. 골목 담벼락에 주황색 꽃송이가 피어올랐다. 어느 집에서 먼저 시작했는지 알 수가 없다. 꽃들이란 작정한 듯 동시에 이파리를 터트리니까. 누구네 집 꽃인지도 중요하지 않았다. 능소화는 마당 안에서 피는 꽃이 아니라 담에서 골목으로 퍼져나가는 꽃이니까. 모두가 그 꽃을 보고서 계절이 바뀌었음을 알았다.

동네 골목을 바라보는 작업실은 계절을 관망하기에 더없이 좋다. 창밖을 내다보면 플라타너스가 휘청거릴 만큼 풍성한 이파리를 매단 채 너울거리는가 하면, 낮은 집들 사이로 파란 하늘이

한 조각 시리도록 청명하다. 달마다 철마다 피고 맺는 꽃과 열매들이 또 싱그럽다. 나는 비가 오고 바람이 부는 것도, 눈이 오고 밤이 내리는 것도 본다.

빗소리는 매년 극악무도해졌다. 언제부터인가 비는 '부슬부슬'이나 '똑,똑,똑' 하고 내리는 법이 없었다. 푸닥거리를 하듯이, 거대한 막이 찢어지듯이, 온 세상이 뒤집힐 듯이, 죄지은 사람의 귀를 멀게 하려는 듯이, 누가 밟아 터트린 호스처럼, 숨을 참고 말을 참으며 응축된 내적 압력을 쏟아내듯이, 압력솥의 추처럼 가열하게 터지고 쏟아졌다. 더운 빗방울이 후두둑 내리꽂히고 뒤이어 굉음이 울렸다. 천둥번개와 폭우가 번갈아 폭탄처럼 터졌다. 신탁神託이라도 내리는 것 같았다.

거리를 휩쓰는 검고 세찬 비. 잠들지 말고 깨어나 세상을 돌아보라는 맹렬한 절규 같아서, 비가 올 때마다 나는 죽었다가 깨어났다. 한바탕 쏟아지고 나면 푸른 물 같은 하늘에 무지개가 떴다. 대담하고 선명한 무지개는 때론 겹을 이루며 하늘의 신비를 알렸다. 그런 날은 일몰 의식도 길었다. 짙은 분홍빛으로 물든 하늘은 거대한 요기를 내뿜었다.

지난 몇 년간 유난히 변화무쌍한 날씨가 찾아오기도 했지만, 작업실이라는 공간에 몸담고 있는 동안 나는 날씨에 무척 민감해졌다. 공기 중의 물기, 바람의 온도, 길바닥에서 울리는 소리,

바람의 촉감⋯⋯. 때때로 나는 흙을 한주먹 쥐어들고 비벼보면서 예언하는 사막의 샤먼처럼 중얼거린다. 지구에 무슨 일이 생기려나 봐.

계절이 변하는 것처럼 지나가는 사람들의 모습도 변했다. 목욕바구니나 장바구니를 들고 다니던 동네 사람들은 점점 줄어들고 카메라를 들고 이리저리 둘러보는 사람들이 늘어났다. 작업실 안을 힐긋거리는 사람들도 많아진다. 새로 생긴 술집이나 레스토랑을 찾아 놀러온 사람들과 카페나 사무실 자리를 알아보러 온 사람들이다. 나이 지긋한 중년 여성들이 부동산 직원과 이야기를 나누며 지나가는 일도 여러 번이었다.

근사하게 차려입고 고급 가방을 든 여자와 머리에 잔뜩 힘을 준 남자가 외제차를 대충 주차하고 걸어간다. 배기팬츠에 슬리브리스를 입고 머리를 길게 늘어뜨린 남자와 귀에 여러 보석을 꽂고 핫팬츠를 입은 채 한쪽 머리를 바짝 자르고 한쪽 머리는 늘어뜨린 여자가 걸어간다. 짧은 셔츠에 찢어진 바지를 입고 스냅백을 비스듬히 쓴 소년들이 스케이트보드를 탄다. 개를 산책시키는 트레이닝복 차림의 여자애가 있고, 폐지를 주워 손수레에 싣고 가는 할머니가 있다. 중국말로 심각하게 이야기를 나누는 중년 여성들이 있고, 서로 팔과 다리를 엮은 채 큰 소리로 떠들어

대는 초등학생들이 있다. 나는 작업실 창밖으로 지나가는 사람들을 구경한다. 때로 우리의 시선이 만난다.

연남동 일대는 작업실이나 공방만 있는 줄 알았건만, 낮 열두 시가 가까워오면 와이셔츠 차림에 출입카드를 목에 건 직장인들이 대거 등장한다. 무리지어 점심 먹으러 가는 이 사람들은 이 동네 어디에 있다가 한꺼번에 나오는 걸까? 저녁에 가끔 들르는 술집에는 이런 차림새의 젊은이들이 비좁은 의자에 모여 앉아 술을 마시고 있다. 술집은 어딜 가나 젊은 사람들로 가득했다.

2

고무줄놀이, 땅 따먹기, 우리 집에 왜 왔니, 딱지, 공기놀이, 사방치기, 비석 맞추기……. 골목 산책을 하다 보면 어릴 적 골목길에 모여서 놀던 옛날 놀이들이 생각난다. 골목의 모습은 그때와 똑같은데 이 동네는 길에서 노는 아이들이 없다.

3

일주일 전에 지나갔던 골목 안쪽의 한옥이 감쪽같이 사라졌다. 연남동 골목에는 제법 많은 한옥이 있었다. 그중 오랫동안 비어 있던 한 채는 철거되어 빈터가 되었고 몇 채는 근근이 한옥의 운명을 이어가고 있다. 사라진 집은 골목에서 크고 번듯한 한옥

중 하나였다. 늘 정갈하고 깨끗한 집이었기에 오랫동안 이 동네에서 살아온 사람들이구나, 하고 생각했었다. 밤에 그 집 앞을 지나갈 때면 바깥채 창문에 불이 은은히 새어나와 묘한 기분이 들었다. 봄이면 '立春大吉'이라 적힌 종이가 대문에 붙어 있었다. 살림살이도 꽤 많을 테고 살던 사람들도 많을 터인데, 일주일 사이에 사람들도 어디론가 가버리고 한옥도 사라졌다. 야반도주라도 한 것인가. 기둥도 벽도 하나 남지 않은 빈터 앞에서 침울해졌다. 오랜 시간 살아온 터전이 사라지는데 걸린 시간이 고작 일주일이라니. 마음 아픈 풍경이었다. 집터는 오랫동안 공사로 끙끙대다가 3층짜리 흰색 콘크리트 건물이 들어섰다.

4

경의선 철로가 있었던 공터는 공원이 되었다. 물길 주변으로 활엽수와 야생화들이 한갓지게 나부낀다. 물길이 생기니 아이들이 가장 좋아한다. 어느새 맨발로 물에 들어가 신나게 물장구를 친다. 나무 사이마다 긴 벤치와 파고라도 놓았다. 구불구불한 산책로를 따라 사람들도 자전거도 다닌다. 철길공원은 해가 뉘엿뉘엿 넘어가기가 무섭게 사람들로 가득 찬다.

그중에도 깜짝 놀랄 만큼 아이들이 많다. 겨우 걸을 정도의 아이, 총총거리며 뛸 줄 아는 아이, 물에 들어가 놀 정도의 아이, 자

전거를 탈 정도의 아이까지. 이 동네에 아이들이 이렇게 많았던가 싶었다.

골목 안쪽은 몇 년 새 많이 달라졌다. 마당을 낀 아담한 주택들이 고층 빌라로 바뀌어가는 것은 어느 정도 적응했다. "그렇구나. 그렇겠지" 하고. 하지만, 능소화를 보던 담벼락이 모두 사라진 것은 내 마음에 깊은 생채기를 만들었다. 능소화가 없으니 여름이 온 것을 무슨 수로 알아챌 것인가. 아침마다 대문 앞을 비질하고 물을 뿌려놓던 능소화 집 할아버지는 어디로 가셨을까?

첫 번째 여름,
실수들

모든 것의 처음은 실수라는 단어를 품는다. 작업실에서 맞은 첫 번째 여름은 실수의 연속이었다. 6월이 되자마자 무언가 잘못되었다는 기운이 감지되었다. 초록 잎이 무성해졌을 뿐이고 더운 바람이 불기 시작했을 뿐인데, 아침에 작업실 문을 열면 그 전과 다른 냄새가 난다.

온갖 사물들이 냄새를 뿜어냈다. 합성수지의 휘발성 냄새가 가장 강했다. 도대체 어디에 이런 냄새들이 숨어 있었을까? 접착제들이 휘발하면서 풍기는 냄새 같긴 한데, 합판을 만들 때 쓰는 나뭇진 때문인가, 데코타일을 시공할 때 썼던 접착제인가, 아니면 책에서? 조용한 사물들이 이토록 중량감 있는 냄새를 피운다는 걸 처음 알았다. 평소에는 전혀 눈에 띄지 않던 것들이 자신의 존재감을 알렸다. 새로 시공한 공간이니 새집 냄새가 날 수도 있겠다고 짐작했지만, 며칠, 길어도 1~2주면 빠져야 할 냄새가 날이 가고 달이 갈수록 더욱 심해졌다. 선풍기를 하루 종일 돌려 환기를 해도 역부족이었다. 영문을 알 수 없는 냄새 때문에 두통에 시달리기도 했다.

그리고 올 것이 왔다. 벌레들의 습격. 무더위가 찾아오자 벌레들이 출몰하기 시작했다. 아침마다 이름도 모르고 생김새도 낯선 벌레들을 처리하는 게 일이었다. 후루룩 기어 다니고 횡횡 날아다니는 이것들을 어쩔 것인가? 꼽등이라는 벌레를 발견한 날은 경악하지 않을 수 없었다. 귀뚜라미와 닮았지만 다리가 길고 풀쩍풀쩍 뛰는 이 벌레는 그 어떤 방식으로도 퇴치할 수 없었다. 아침마다 청소하고 환기하며 부지런을 떨어보았지만 벌레들은 제집처럼 드나들 듯했다.

"일층에 산다는 건 벌레와 함께 사는 거였어."

"가로수가 있다는 건 벌레가 있다는 거지."

"문을 열어둔다는 건 벌레에게 어서 들어오라고 하는 거나 마찬가지야."

첫 여름을 보내면서 우리나라는 사계절만 있는 것이 아니라, 건기와 우기가 있다는 것도 알게 되었다. 여름은 과연 물기의 계절이었다. 습기가 어디서 몰려드는지 작업실의 책들이 우글우글해졌다. '내 책들은 절대 손대지마!'라고 나는 맘속으로 서럽게 소리쳤다. 플라스틱 통에 든 제습제 열두 개를 사서 구석구석 놔뒀지만 효과는 크지 않았다. 몸도 축축 처지는 것 같았다.

"울고 있는 책들을 원래대로 되돌릴 수 있다면 영혼이라도 팔겠어!"

"제습기를 돌려볼까? 효과는 장담할 수 없지만……."

J는 기진맥진한 내게 조심스럽게 말했다. 우리는 근처 가전마트에서 제습기라는 가전제품을 사왔다(아이보리색의 가장 심플한 디자인으로 골랐다. 우리는 알록달록한 색과 특별히 사용하지 않는 기능을 가진 '고성능' 제품을 그다지 선호하지 않는다). 전원을 누르자, 계기판은 작업실의 습도가 70퍼센트가 넘어 가장 높은 'Hi' 상태임을 알려주었다. 습도를 30퍼센트로 유지하고 가동시켰더니 몇 시간이 안 되어 2리터짜리 물받이 통이 가득 찼다. 눈에 보이지 않는 습기가 이렇게 많다니 깜짝 놀랐다. 하루 종일 가동했지만 습도는 여전히 70퍼센트. 퇴근하면서도 여덟 시간의 타이머를 맞추고 제습기를 그대로 가동시켰다.

다음날 기적이 일어났다. 작업실 문을 열었을 때, 늘 진동하던 휘발성 냄새가 감쪽같이 사라져버린 것이다. 습기가 빠졌을 뿐인데, 더위의 농도도 줄었고 사물의 냄새들도 안정되었다. 매일 아침마다 불쑥 튀어나와 나를 깜짝 놀라게 하던 꼽등이도 습기와 함께 사라졌다. 고맙게도 책들도 제 모양을 되찾았다. 제습기에게 무공훈장이라도 주고 싶은 마음이었다.

처음 장마를 경험했던 날도 잊을 수 없다. 장마가 닥치자 내 걱정은 하늘을 찌를 듯했다. 밤은 늦었고 집에는 가야하는데 발걸음이 차마 떨어지질 않았다. 작업실 바닥은 바깥 인도보다 높이가 5센티미터 정도 낮아 바깥에서 물이 솟구치면 작업실 바닥으로 곧장 흘러 들어올 가능성이 높았다. 집주인 아저씨*는 여태 한 번도 침수되거나 장마 때문에 곤란을 겪은 적 없다며 염려 말라고 했지만 내 마음은 달랐다.

아침 뉴스에 2호선 홍대입구역이 장맛비에 침수되었다는 소식이 속보로 뜨자, 아침도 먹는 둥 마는 둥 하고 작업실로 달려왔다. 작업실에 가까워질수록 심장이 더 빨리 쿵쿵거렸다. 물이 차올라 첨벙첨벙 걸어 들어가는 나의 모습이 상상되었다. 흠뻑 젖

◆ 집주인 아저씨는 작고 마른 체구가 믿어지지 않을 정도로 바삐 움직이신다. 연세도 지긋하신데 지금껏 느릿느릿 걷는 모습을 본 적이 없다. 작업실은 2층 상가 주택의 1층으로 주인 어르신 내외는 2층에 사신다.

어 물이 뚝뚝 떨어지는 책과 잡지를 끌어안고 울고 있는 모습도.

쏟아지는 빗줄기에 주저하며 문을 열자, 밤새 제습기가 우중
충한 습기를 모조리 빨아들인 후 보송보송한 공간이 나를 반겼
다. 주인 아저씨의 말대로 작업실은 장마 동안 전혀 문제가 없었
다. 그때의 걱정과 안심은 지금도 가슴을 쓸어내리게 한다.

휴가나 출장도 결정하기에 쉽지 않았다. 작업실을 비우는 사
이에 도둑이라도 들면 어쩌나, 누전으로 화재가 나거나 냉장고
(작아도 너무 작긴 하지만)가 과열되어 문제가 발생하지는 않을
까, 켜놓은 전등, 끄지 않은 전원 같은 사사로운 걱정들이 발목을
잡았다. 여름에는 에어컨을, 겨울에는 전기난로를 끄지 않았나,
한참 집에 가던 길에 등이 서늘해진 적이 한두 번이 아니었다.

작업실에서 맞은 첫 번째 여름은 호된 신고식이었다. 그해 여
름은 걱정 없는 날이 없었다. 공간을 갖는다는 건 잘 건사해야 할
책임도 동반해야 한다는 것을 알았다. 벌레, 습기, 먼지와 싸우던
날도, 빗물과 소음을 견디던 날도, 식물의 죽음에 충격을 받던 나
날도 지나갔다. 문제가 생겼을 때는 속상해하며 차일피일 미뤄
둘 게 아니라 갖은 방법을 써보며 재빨리 해결하는 게 정답이었
다. 귀찮은 것도 두려운 것도 해치워버려야 하는 일이 있다. 몇
해에 걸쳐 반복된 재해를 그럭저럭 해결하고 나니 이제 어떤 상
황이 와도 의연하게 대처할 수 있게 되었다. 일종의 통과의례를

거친 셈이다.

삶이 단계적으로 이어진 건 아니겠지만 하나씩 연습해보고 되새긴 것들은 그다음 과정으로 내 삶을 이동시켰다. 작업실의 물리적인 부분을 감당하게 되자 이 공간에 빛과 그림자를 만들어주고 싶어졌다. 향기와 소리를 채우고, 목소리와 비밀들도 새겨넣고 싶다. 나는 이 공간에서 도전해보고 싶고 즐기고 싶은 것들이 아주 많았다.

"만날 물청소하고 먼지 털고 하더니 이제 일주일에 한 번이 고작이네."

J의 빈정거림을 나는 웃어넘긴다. 이제는 게으름의 시간을 누릴 정도로 이 공간에서 자유로움을 느낀다. 매일을 걱정하기보다 창밖의 풍경에 푹 빠져 있다. 플라타너스 이파리가 바람에 흔들리다가 툭툭 소리를 내며 떨어진다. 오후의 햇살은 도로 옆 담장에 긴 그림자를 남긴다. 오후 네 시쯤 되면 맞은편 어린이집에서 뛰어나오는 한 무리의 아이들 중에 헤어짐이 아쉬워 서럽게 우는 아이가 꼭 한 명씩 있다. 그 아이의 간절한 마음도 헤아려본다. 새들도 지저귀고 개들도 짖는다. 앰뷸런스가 수시로 지나가는 이 길 어딘가 노인요양센터도 있다.

창밖으로 계절이 흘러간다. 여기서는 시간이 참으로 선명하게 흘러간다. 바깥 풍경은 재깍재깍 지구의 시간에 맞춰 흐르는데,

유리창 하나를 사이에 둔 작업실이라는 공간은 시간이 멈춘 것 같다. 책도 그릇도 가구도 벽도 공기도 향기도 그리 달라진 것이 없다. 이 한결같은 장소에 머무는 나는 어떤가? 변화의 속도를 잃었을까? 끊임없이 변하고 있을까?

그러는 사이 작업실 안의 그늘과 모서리에 조금씩 먼지가 쌓인다. 먼지들은 내가 알아채지 못하도록 은밀하게 자신의 영역을 계속 넓혀가고 있다.

짓 다 , 로
할 수 있 는 일

'짓다'는 아주 대범한 동사다. 옷을 짓고 밥을 짓고 집을 짓고 글을 짓고 미소를 짓는 등 특별한 목적어에만 반응한다. 일상적이면서 의식주를 모두 포괄하고, 나의 생업도 끌어당기는 동사다. 미소는, 뭐, 세상에서 가장 아름다운 단어 중 하나 아닌가?

믿지 않는 사람도 있겠지만 나는 아침마다 밥을 짓는다. 부모님과 남편과 나, 이 네 사람으로 이루어진 우리 가족이 함께 밥을 먹고 얼굴을 맞댈 수 있는 때는 오직 아침 시간뿐이다. 밥을 짓는 일은, 밥뿐만 아니라 국을 끓이고 감자전을 부치고 불고기를 굽고 야채를 볶는 모든 과정을 포함한다. 그리고 상을 차리고 먹는 과정과 그 사이 나누는 대화, 서로의 안부와 소통 같은 것도.

옷을 짓는 건, 내가 잘하고 싶은 일 중 하나다. 이 또한 믿기 어려운 이야기일지 모르겠지만 중·고등학교 시절의 나는 제법 손바느질을 꼼꼼하게 잘했었다. 중학생 때 스크랩북에 자수와 스티치, 수놓은 천을 붙이고 그림을 그려서 장식하는 과제를 한 적이 있다. 자수 스티치도 반듯하게 잘 나온데다 꽃과 잎사귀를 잔뜩 멋부려 그린 자수첩은 오랫동안 소중하게 간직하던 보물이었다. 부끄럽지만 재봉틀도 하나 갖고 있다. 심플하게 각진 모양새의 일본산 리카 재봉틀이다. 필요한 기능만 탑재해서 군더더기가 없고 장난감 같아서 조금은 귀엽기도 하다. 옷과 이불을 만들어볼 생각으로 결혼 즈음에 중고로 들인 것인데, 사용할 일이 그다지 많지 않았고, 프랑스로 유학 가느라 내버려둔 시간도 길었다. 그 재봉틀을 작업실로 가져오니 이 공간과 썩 잘 어울렸다. 그럼 이제 옷을 짓는 일에 도전해볼까? 모든 게 준비되었으니 말이다. 정작 내가 재봉틀 작동법을 모른다는 것만 빼곤.

집을 짓는 일은 J의 생업이고, 글을 짓는 건 나의 생업이다. J는 어렸을 적부터 수채화를 잘 그렸고 한때 화가를 꿈꾸다가 건축을 전공하게 되었다. 건축이라는 분야에 일단 들어서고 나니 집을 짓는 세계에 푹 빠져들었다고 한다. 그는 대학 시절부터 지금까지 건축 말고 다른 일은 생각해본 일도 없단다. 어쩜 그렇게 한 가지 일에 믿음을 갖고 꾸준히 정진할 수 있을까?

그에 비하면 내 인생은 혼란의 연속이었다. 어렸을 때부터 글 쓰는 사람이 되고 싶었고 계속 책과 밀착된 일을 하고 있었지만 내 속에는 다양한 욕망이 들끓었다. 한때 만화가나 피아니스트가 될 꿈도 있었고, 대학 졸업 후에 IMF의 여파로 취업문이 닫히자 의대를 가겠다며 입시학원도 다녔다. 한창 잡지사를 다니다가 유학을 떠난 프랑스에서도 내 미래는 단 한 번도 또렷했던 적이 없었다. 미술사학을 공부하던 중에도 초콜릿이나 요리를 배울 생각을 호시탐탐했었으니까. 그러고 보니 나는 내 손가락이 좀 더 기능적이길 원했던 모양이다. 손을 쓰는 일에 대한 로망이 오래 전부터 있었지만, 내 손이 기대만큼 정교하지 못하다는 사실을 깨닫고 패퇴한 장수처럼 어깨를 늘어뜨린 채로 다시 글 짓는 일로 돌아오곤 했다.

요리를 하고 초콜릿을 만들고 치과의사가 되고 피아니스트가 되는 일을 어째서 손의 기능이라고만 생각했을까? 마음을 전달하거나 아프거나 다친 사람들을 고쳐주거나 누군가를 기쁘게 해주는 일이라고 생각하지는 못했을까?

나는 글 짓는 일을 좋아하면서도 두려워했고, 늘 쓰고 있으면서도 정면으로 맞서지 못하고 에둘러가며 도피처를 찾았다. 생업이라는 무게감 때문이었다. 평생 그 무게감으로부터 자유롭지 못하리라는 것을 인정한 후에야 글 쓰는 나를 받아들일 수 있었다. 경직된 근육도 조금 부드러워졌고 쓰고 싶은 이야기도 찾아왔다.

살다보니 미소를 짓는 일과 눈물짓는 일은 번갈아 찾아오는 것 같다. 내가 쓰고 싶은 글은 눈물짓는 일 쪽에 있다. 슬픔과 어둠, 고독과 침묵 쪽의 이야기는 신체 한 부분을 시리게 하면서 자꾸 바라보게 한다. 심원을 향하게 한다. 왜 즐거운 기억보다 슬프고 고통스런 기억이 신체에 더 큰 영향을 주고 마음에 더 큰 흔적을 남길까? 한참 전에 종료된 사건들은 잊혔지만 기이하게도 슬픔이나 고통은 어제의 일처럼 생생한 통증으로 찾아온다.

어느 시인을 인터뷰했을 때 그녀는 이렇게 말했다.

"나는 더 이상 내 행복에 관심이 없어요."

나는 그 말의 의미를 이해했다. 그늘 없는 삶과 통증 없는 이야기는 전달할 의미가 없다. 나는 눈물을 동경한다. 눈물은 강해서 몸을 일으키게 한다. 생생하게 재현되는 현재다. 눈물 뒤의 미소는 진부해서 좋다. 눈물은 깨달음과 함께 온다.

짓다, 라는 동사는 삶이라는 명사와 이어질 때 가장 현명해지고 또렷해진다. 하나의 철학이 된다. 삶을 짓는 일이라면, 손이 무디더라도 호기심과 자신감을 믿고 부딪혀 볼 만하지 않을까?

작업실에서 쓸 물건들을 직접 만들겠다는 계획을 실행에 옮겼다. 먼저 숙성 비누를 만들었다. 올리브오일, 팜오일을 적절히 섞은 후에 향기와 피부보호 효과가 있는 에센셜 오일, 몇 가지 성분들을 넣고 가성소다를 섞어 비누화 작업을 한 뒤 굳혔다. 비누의 독성이 중화되려면 이대로 한 달 이상 내버려두어야 한다. 4주에서 6주 동안 숙성 기간을 거친 후엔 거품이 풍성하고 글리세린이 충분히 함유되어 촉촉한 비누가 완성된다.

　향을 좋아하다보니 향초를 자주 만들게 된다. 시나몬, 레몬그라스, 제라늄, 일랑일랑, 파촐리, 페퍼민트 등 식물의 에센셜 오일을 조금 넣어 향을 낸다. 식물의 향은 섬세해서 서로 중화시키는 것도 있고 상승시키는 것도 있다. 소이왁스를 녹여 적절한 온도에서 향을 섞은 뒤에 심지를 붙인 유리병에 부어서 충분히 식히면 소이왁스 캔들이 완성된다. 왁스를 1~2킬로그램 정도 넉넉히 사두었다가 손이 근질거릴 때 한두 개씩 향초를 만든다. 이런 작업은 얼른 해치워야 하는 일이 되면 곤란하다. 만들고 싶은 향초의 이미지를 떠올리고 어울리는 향을 골라내는 일, 조심스럽고 정성스럽게 분량과 온도를 맞추고 서두르지 않고 리드미컬하게 왁스를 다루는 일, 그리고 완성된 향초에 메모를 적어두는 일 등 모든 과정에 오롯이 집중해야 한다. 단 하나를 만들더라도 조심스럽고 귀하게.

보통은 투명한 유리병에 흰색 면심지로 된 컬러를 넣지 않는 흰색 향초를 만들지만 지난겨울에는 시나몬 스틱으로 몸통을 두르고 왁스에도 시나몬 향을 듬뿍 넣었다. 크리스마스 분위기가 물씬 풍기는 것도 좋았지만 어두울 때 불을 켜보니 환한 불꽃이 시나몬 스틱의 틈으로 새어나와 그 빛이 한결 운치 있었다. 불빛은 테이블 위에 긴 그림자를 만들었는데, 심지가 일렁일 때마다 그림자도 함께 움직였다. 불꽃을 응시하면서 내 마음은 제멋대로 그림을 그리며 흔들리다가 제멋대로 바닥으로 침잠했다.

요즘은 불꽃을 피우는 캔들보다 연기로 피워내는 향incense stick을 찾는 편이다. 향초는 직접적인 향과 불꽃을 즐기는 재미가 있고 향은 은은한 냄새와 연기에 심취하게 한다. 향을 피우면 흙과 고목의 냄새가 피어난다. 흰 운무 같은 연기는 춤을 추는 것 같다. 향을 맡고 불꽃이나 연기를 보는 건, 이리저리 흔들리는 생각과 마음을 내 가까이에 끌어당기려는 의식이다. 천천히, 조금 더 천천히. 나에게 더 집중하려는 다짐이고, 나를, 있어야 할 곳에, 충분히 단단한 바닥에 가라앉히려는 노력이다.

내가 좋아하는 일 중 하나는 뜨개질이다. 뜨개질은 반복하는 과정을 수행하는 끈기가 중요하다. 예전의 나는 뜨개질에 전혀 관심이 없었다. 반복하는 일에 싫증을 빨리 내는 애니어그램 7번형 인간*이니까. 한 가지에 몰두하지도 못하며 침착하게 해결해나가는 일보다 버럭 역정을 내는 게 빠른 다혈질 인간이니까. 하지만, 작업실에서 오롯이 글 짓는 사람으로 살아오면서 집중력과 지구력이 강해졌다. 글 쓰는 일을 거듭해오면서 변화한 점이기도 하다.

뜨개질은 글 짓는 일과 닮았다. 하나의 매듭에서 시작해서 실을 엮어가면서 줄과 줄이 연결되고 다시 전체의 면을 형성하는 것처럼, 첫 문장에서 마지막 문장까지 이어가는 과정도 그처럼 끊임없이 되돌아보고 앞으로 나아갈 긴 호흡이 필요하다. 긴 호흡을 유지하는 건 무한 반복의 연습뿐이다. 글도 뜨개질도 난해한 처음과, 집중이 필요한 중간과, 무아지경에 이르른 절정이 있다. 그리고 불현듯 그러나 계산해두었다는 듯 마지막에 이른다.

재봉틀 이야기로 돌아가보자. 이건 실패담에 가까운 이야기다. 나는 흰색 리카 재봉틀 앞에 앉았다. 촉감이 좋은 검정과 빨

◆ 재미로 한 간단한 애니어그램 테스트에서 7번이 나왔다. 공상가, 계획자, 모험주의자, 낙관주의자로 명명되는 유형인데, 이건 뭐 딱 나다. 생활신조는 '비상을 꿈꾸자'라니 이 또한…… 다행히 한번 마음먹은 일은 중간에 멈추지 않고 끝까지 가는 성격이라 즉흥적이고 순간적인 7번형의 단점이 조금은 보완된다고 할까? 이런 테스트를 100퍼센트 신뢰하지 않지만 지금 내게 필요한 것이 무엇인지를 알려주기는 한다. 테스트 이후, '하나의 대상을 (지루하더라도) 깊이 들여다보기' '완성에 이르도록 끝까지 가보기' 등등의 해답을 얻었다.

간 리넨을 골라 두었고 자개로 된 은은한 단추도 샀다. 잘 들기로 소문난 잠자리표 가위와 모눈이 촘촘히 그려진 재단용 부직포, 다양한 크기의 바늘, 단단한 실, 초크와 바이어스 테이프를 만드는 기구까지 필요하다 싶은 건 모두 준비해두었다. 그러므로 이제 재봉틀을 가동할 시간이다. 전선을 연결하고 먼지를 떨어내고 도구들을 제자리에 꽂고……. 재봉틀도 준비를 끝냈다. 나는 숨을 멈추고 경건한 마음으로 재봉틀을 어루만진 다음, 실을 꺼냈다. 실패에 실을 감아 북집에 넣는다. 밑실 한 오라기를 뽑아내서 재봉틀 바늘의 아주 조그만 구멍에 꿰어 넣는다. 윗실도 같은 방식으로 꿴다. 천을 살짝 밀어넣고 노루발을 내려 천을 고정한다. 살살 밟는다. 다르르르…….

찬찬히 천을 밀고 당기면 반듯한 박음질이 나올 줄 알았다. 천을 자를 때부터 이상하긴 했다. 초크선을 따라가야 할 가위가 제멋대로 휘어져서 재단이 영 마음에 들지 않았다. 손도 눈도 가슴도 제멋대로 뛴다. 박음질만 계속한다. 땀을 늘이지도 줄이지도 못한 채 지정된 간격의 박음질만 쭉. 선을 따라 박음질을 하는 것 역시 마음을 가지런히 하는 일인가? 정중동. 조금만 딴 마음을 먹어도 선이 비뚤어진다. 나는 재봉틀 사감이 인도하는 대로 연습한다. 아직 무르익지 않아 박음질은 단단하지도 정교하지도 않다. 원피스와 파자마를 만들어볼 생각은 이미 저 멀리 달아났

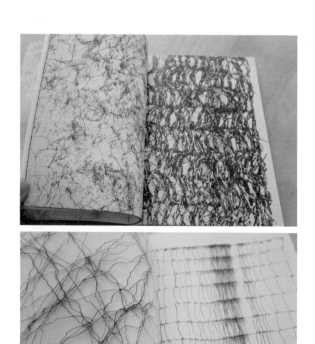

다. 낡은 소파를 천갈이 할 계획도 홀연히 사라졌다. 대충 박음질만으로 큰 무리 없는 커튼과 쿠션을 어찌어찌 완성하고 나니 온몸이 두들겨 맞은 것처럼 뻐근하다.

리넨 조각들을 재봉질로 이어 붙여 찻잔 받침을 만들어볼까 하다가 도리질하고 손바느질로 바꿨다. 좋아하는 포그리넨 카탈로그에서 리넨 조각 사용법을 숙지하고 손으로 조물조물 움직여본다. 줄무늬를 따라 박음질을 하거나 사방무늬에 십자수를 놓았더니 모양이 나쁘지 않았다. 그래, 이제 끝내도 좋겠다.

천은 다른 재료와 달라서 재단이 정확하지 않거나 바느질이 약간 밀려도 천을 밀었다 당겼다 하면서 형태를 바로잡을 수 있다. 이 포용성은 천을 만지고 옷을 짓는 일의 일상성을 상징한다. 일상성이란 누구나 할 수 있는 일이며, 그러기 위해서는 조금 흠집 있고 흐트러져도 회복할 수 있어야 한다. 글도, 밥도, 집도 그 일상성에 기인한다. 어쩌면 짓는 일이란, 삶 속에 길고 자잘한 뿌리를 내리는 일일 것이다.

작업실을 구상하던 시절, 이곳에서 앞으로 내가 꿈꾸는 삶의 형태를 실험해보고 연습해보겠다고 결심했다. 땅과 길, 숲과 가까이 하는 삶, 전기에 의존하지 않는 삶, 자급자족할 수 있는 삶, 적게 벌고 적게 쓰는 삶, 재활용을 철저히 하는 삶, 벌레와 낙엽과 공존하는 삶, 사람들과 주고받는 삶……

그러나 나는 도시의 습성에 익숙한 데다 태생적으로 참아내지 못하는 것들도 있으며, 습관이나 기질 때문에 내가 꿈꾸는 삶에 가까이 다가가지 못할 지도 모른다. 여전히 손은 서투르고 자연 속에서 살아남을 자신이 없다. 매일 한 끼는 밥을 해먹자고 결심 했지만 전기밥솥은 아일랜드 구석으로 들어간 지 오래다. 재봉 틀은 갑자기 밑실을 모두 삼켜버리더니 전혀 움직이지 않아 어 찌해볼 도리가 없다. 다리가 많은 벌레들은 무섭기만 하고 계절 이 가는 일이 나이 먹는 일과 같다는 생각이 들면 등 뒤로 추위가 급습한다. 여전히 발을 잘 헛디디고 화를 참지 못한다. 모든 일은 엉거주춤하고 선명하지 않다. 애써 떨치고 선명하게 보려고 노 력할 뿐이다. 계획대로 되지 않더라도, 기대에 못 미치더라도, 무 용하고 무능하다고 느낄지라도, 그래도, 그래도.

나는 작업실에서 매일매일 연습한다.

그림 걸
자 리

사진가 한성필 씨의 〈지극의 상속〉 전시도록에 에세이를 쓰고, 답례로 작품 한 점을 받았다. 눈과 얼음의 지층이 숨 막히게 펼쳐져 있는 제법 큰 크기의 작품이다. 작업실 어디에 걸어야 할지 몰라 한참 망설였다. 모든 벽이 갤러리처럼 희고 아무것도 없이 비어 있음에도 불구하고 걸어두기에 맞춤한 지점을 찾을 수가 없었다.

75센티미터룰* 때문이었을까? 비어두자고 결정했던 그 벽과 그림이 서로 섞여들지 않았다. 한참 이곳저곳에 액자를 대어보

◆ 작업실 바닥에서 75센티미터 위로는 아무것도 두지 않는다. 심지어 그림조차도.

고서야 작업실 벽은 이 작품에 어울리는 장소가 아니라는 결론에 이르렀다. 작품을 건다는 게 얼마나 어려운 일인지도 알았다. 그늘진 곳에 숨겨두기엔 아까워서 우선은 잘 보이는 자리에 세워두었다.

한참 전에 한성필 작가로부터 푸르른 바다를 찍은 사진 한 점을 받았다. 바람이 흐르는 듯 일렁이는 바다의 표면 위로 바다새의 희끄무레한 날갯짓이 스치듯 담겼다. 아일랜드의 자유로운 바다였다. 지금 내 앞에는 그 물이 얼어붙은 극지의 풍경이 있다. 두텁게 쌓인 얼음층 위로 노란색 꽃들이 봄을 알린다. 극지의 봄도 소란스럽긴 마찬가지다. 엄정한 흰색의 얼음덩어리가 지층처럼 쌓였는데 엷은 노랑이 하릴없이 순진하다. 빙하는 수백, 수천, 수만 년을 녹았다가 얼었던 흔적들이다. 지층은 시간의 흔적인데, 얼음의 시간과 인간의 시간은 서로 비교할 수 없으니 무상하다.

한성필 작가는 2013년과 2014년에 해빙이 떠다니는 검은 바다를 건너 얼음 대륙을 찾아갔다. 한 해는 북극에, 한 해는 남극에 갔다. 전 세계를 다니며 피사체를 찾는 그였지만 극지방까지 계획하고 있을 줄은 몰랐다. 드문드문 연락이 닿을 때마다 그는 일본이나 프랑스, 노르웨이나 쿠바에 있었다. 여행이 일상인 그는 극을 향해 떠날 때도 비장해지지 않았다. 분명 신나는 여행이 될 거라며 장난스런 표정을 지었던 것으로 기억한다.

그와 알고 지낸 지도 벌써 10년이다. 처음 알게된 것은 홍대 앞 잔다리 갤러리였다. J와 내가 2년을 보냈던 리옹의 벽화를 찍은 사진들과 유럽 전역을 다니며 찍은 벽화 사진들이 전시되어 있었다. 눈속임 그림을 뜻하는 트롱프뢰유trompe-l'œil 벽화들을 교묘한 빛으로 촬영하여 실제와 그림 사이를 교란하는 작품이었다.

몇몇 작품은 우리가 살던 손Saône 강변의 집에서 불과 몇 분밖에 떨어지지 않은 곳에 그려진 벽화들이었다. 방금 막 흘러가 버린 리옹 시절이 내 눈앞에 다시 등장했다. 비행사 옷을 입은 생텍쥐페리와 그의 어린 왕자, 책 도둑이나 책 마법사를 기다리는 듯 자유롭게 흩어져 있는 책들, 그리고 리옹식 건물과 창문 들. 만져질 듯 생생한 장면들이 나를 그 자리로 부르는 것 같았다.

프랑스에서 돌아온 지 얼마되지 않았던 그때는 내가 사는 곳이 서울인지 리옹인지 자꾸 헷갈렸다. 나는 혼란과 혼동을 겨우겨우 희석하며 미미하게 앞으로 나아가는 중이었고, 현실과 상상은 자주 교란되었다. 트롱프뢰유는 나의 내면에 있었다. 어쩌면 그 트롱프뢰유를 인정한 후로 이 도시의 시간에 보폭을 맞출 수 있었는지도 모른다.

나는 한성필이라는 사진가를 기억해두었고 기회가 닿아 그를 만나게 되었고, 그는 사진가로 나는 작가로서 여태 지내왔다. 알고 지낸 시간에 비해 그와 나는 같은 시공에 있었던 적이 거의 없다는 생각이 든다. 그러나 수많은 장소와 대상을 끌어안는다는 점에서 우리는 유사한 태도를 갖고 있다. 길 위에서 방랑하고 있다는 점도.

극지의 시간에 비하면 우리가 겪는 경험의 시간은 무의미할 정도로 짧다. 그러나 순간의 만남과 미미한 공감이 차곡차곡 쌓인 시간의 겹은 나를 살아가게 하고 우리를 존재하게 한다. 인간만이 할 수 있는, 그것은 마음의 온기.

어느 겨울, 그가 사진을 보내왔다. 극지에서 찍은 사진들이었다. '지극의 상속'이라는 서사가 아니더라도 존재만으로 강렬한 장소들이 등장했다. 그의 작품에 붙일 글을 쓰려고 수십 장의 사진들을 들여다보면서 나는 묘한 기분에 사로잡혔다. 아무리 다가가려 해도 남극이라는 얼음대륙을 상상할 수가 없었다. 검색만 하면 우수수 흘러나오는 수많은 정보만으로 그곳을 이해할 수 없었다. 그렇게 이해해서는 안 될 곳이었다. 극지는 상상되지 않는 그 지점에, 어느 한계선 너머에 있었다.

나의 비행은 얼음대륙에 둘러진 높다란 빙벽에서 가로막혔다. 나는 화이트아웃*에 눈이 먼 채로 인간의 이야기에 의지해 얼음

◆ whiteout, 심한 눈보라와 눈의 난반사로 주변이 온통 하얗게 보이는 현상.

대륙을 더듬었다. 빙벽 너머로 발을 디딘 인간들의 영웅담과 지극에 심어둔 인간의 막대기가 조금씩 위치를 바꾸며 움직이고 있다는 전설 같은 이야기들을 도움닫기하여 빙벽을 넘을라치면 심장을 마비시킬 차갑고 검은 극해의 공포가 나를 다시 얼음대륙 밖으로 밀어냈다. 나는 남극 주변을 헤매다가 네 개의 작은 섬에 겨우 내려앉았다. 그리고 이 가상 여행으로 '아직 도달하지 못한 섬'이라는 제목의 에세이를 썼다.

극지는 상상을 넘어선 곳이다. 극지에 가려면 극해라는 검은 바다를 건너야 한다. 물 온도가 급강하해서 시커멓게 보인다는 그 바다는 신화 속 죽음의 강처럼 보인다. 검은 바다를 건너 희디흰 얼음산에 도착한 사진가는 무엇을 보았을까? 얼음 외에는 흔적도 소리도 소거된 곳에서 장시간 노출해야 하는 사진을 찍으며 그는 어떤 생각을 했을까?

거긴 얼음산에서 한 방울씩 떨어져 흐른 물이 다시 얼음산이 되는 만큼의 시간이 툭 떨어진 운석처럼 던져진 곳이다. 시간이 하나의 물리적인 덩어리가 될 때 경이로움의 감각이 형성된다. 참을 수 없는 두려움. 인간으로서 도저히 넘어설 수 없는 시간에 대한 경이로움.

한 인간의 국경선은 그가 상상하는 지점 거기까지다. 그 선을 넓히기 위해서는, 몸으로 정신으로 한계점 이상으로 밀어 붙어야 한다. 그렇다면 그는 자신의 국경선을 매일 넓히는 예술가다. 지금도 어딘가 먼 곳에 있을 그가 돌아오면 물어보고 싶다. 당신의 국경은 어디인가? 나는 이 좁은 작업실에 앉아 나의 국경선 너머를 꿈꾼다.

그림 걸 자리를 마련해야겠다.

턴테이블
들어온 날

작업실 스피커는 J의 선배 형이 도쿄를 여행하다가 주워온 것이다. 아무리 멀쩡해보여도 그렇지 여행 중에 버려진 걸 주워 서울까지 낑낑거리고 가지고 오다니, 그것도 스피커를. "제법 괜찮은 물건이라서 그냥 지나칠 수가 없었지. 흠난 데도 없고"라던 선배의 말대로 이 스피커는 작지만 단단하고 야무지다. 빵빵하게 소리 지를 줄도 알고 그윽하게 속삭일 줄도 안다.

울림이 좋은 작업실에서 레코드판 좀 들어볼까? LP 감상실이 따로 있나 뭐. 그래서 집 어느 구석에서 묵은 먼지를 뒤집어쓴 턴테이블도 작업실로 옮겼다. 없는 물건 취급당했던 레코드판들도 종이 상자에 그득그득 담아서 가져왔다. 망가진 바늘칩을 새것으로 바꿔 끼우고 카트리지를 이리저리 움직이니 플래터가 뱅글뱅글 돌아가기 시작한다. 안 쓰고 내버려 둔거라 소리가 제대로 날지 모르겠다. 아무 판이나 꺼내서 얹었다. 존 덴버가 희생양이 되기로 했다. '퍼햅스 러브'. 존 덴버의 미성이 매끄럽게 뻗어나가면 플라시도 도밍고가 중후하게 이어가는 그 노래.

판이 돌아가자 클래식 전주부터 울렁울렁하더니 존 덴버의 미성은 어디가고 테이프 늘어진 소리를 뱉어낸다. 존 덴버가 머쓱해 할 만큼 한바탕 웃음이 터져 나왔다. 벨트가 늘어진 모양이다. 회전 속도를 조절하는 버튼을 눌러보고 카트리지의 이음새를 살피며 여러 번 돌려보니 본래의 속도를 찾아간다. 존 덴버의 울렁증도 줄어들었다. 그제야 나는 너덜너덜해진 종이재킷에 든 레코드들을 박스에서 꺼내 하나씩 펼쳐보았다.

"세상에! 이게 언제적 물건이야!"

리처드 클레이더만의 피아노, 폴 모리아 앙상블의 추억의 영화음악, 1980년대 유행했던 음악들이 뛰쳐나온다. 들국화, 015B, 이문세, 팻 메스니, 비틀스, 퀸, 조지 마이클, 그리고 유재하.

한 장의 앨범을 발표하고서 영면에 든 유재하. 그 빛나는 젊음의 목소리를 들으며 뭉클한 시간이 흘렀다. CD의 선명한 음질과 다른, 맑고 조금은 느린 듯한 사운드가 스피커에서 울렸다. '비오는 날의 수채화'나 '여행스케치' 같은 감성이, 풀풀 쏟아지는 이

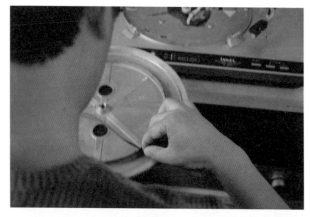

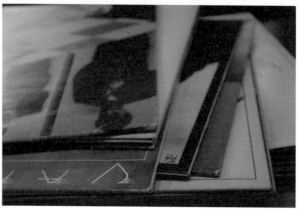

름들이 새삼스런 추억을 건드린다. 직경 30센티미터짜리 재킷의 엉성한 디자인과 강렬하지만 빛바랜 컬러. 지금의 산뜻함이나 세련됨과는 거리가 멀지만, 손맛 나는 물건이라고 해두자.

풋풋한 대학생 밴드인 '015B'는 혜성 같았다. 1집의 보컬 윤종신의 목소리가 더할 나위 없이 높고 맑고 곱다. 나는 무한궤도의 신해철을 더 멋진 아티스트라 여겼지만 윤종신의 감미로움을 누군들 멀리할 수 있을까? 20년 전에 말소된 소리들이 부활한다. 영화 「더티댄싱」의 사운드 트랙은 영화보다 아름다웠다. '헝그리 아이즈'의 신나는 리듬, '쉬즈 라이크 더 윈드'의 나긋한 발라드. 그때 우리는 진정 감미로운 '음악의 시대'를 살았었구나. 리듬이 분명하고 흥겨운 가사가 명쾌하며 모두 따라 부르고 몸을 흔들던 그런 음악의 시대. 그때 음악이란 들으면서 몸을 흔드는 거였으니까.

턴테이블을 두었다고 하니, 여기저기서 LP 시대의 이야기들이 들려왔다. 책장 어딘가에 꽁꽁 싸인 레코드판을 작업실에 가져다주기도 했다. 사람의 기억에 따라 음악은 굽이쳤다. 검은 레코드판을 꺼내 먼지를 닦아내고 플래터에 올리면 약간의 뜸을 들인 후 음악이 시작되었다. 그 잠깐의 무음은 기대감으로 심장을 요동치게 했다. 영화가 시작되기 직전, 암전에서 숨 막힐 듯한 긴장을 느끼는 것처럼. 그러니까 아날로그 시대의 음악이란 그런 모든 것을 포함하는 것이었다. 검은 레코드판을 고르고, 먼지를 닦고, 바늘칩을 제자리에 두기 위해 움직이는 일. 검은 홈 사이 움직이는 바늘칩을 바라보며 굴곡의 신호가 음악이 되는 순간을 기다리는 일. 한 곡이 끝나고 다음 곡이 시작되기 전 두어 마디 정도 튀거나 지지직거리는 소리도 감수하는 일. 수고로운 노력이 필요한 것들은 더욱 아름다운 무언가를 돌려준다.

작업실 근처에 레코드 가게가 몇 군데 있다. 중고 앨범도, 신판도 가장 많이 보유하고 있다는 '메타복스'를 구경 갔다. 산더미처럼 쌓인 판을 보니 입이 벌어진다. 이 속에서 무슨 수로 보물을 찾아내나? 오래된 세트 앨범들로 화려한 진열장을 지나면 출처와 연도를 알기 힘든 낡은 재킷들이 모여 있고 한편에는 신보도 있다. 조그만 사이즈도 있고, 해독하기 어려운 낯선 문장이 적힌 것들도 있다.

나는 뭐라도 하나 사야겠다는 마음으로 레코드판을 뒤적이기 시작했다. 글렌 굴드나 키스 재럿을 선택한다면 실망하지 않겠지만 새로운 것을 발견하는 기쁨은 적을 것이다. 뭔가 조용히 말을 걸어오는 게 있지 않을까? 낯선 누군가와 우연히 마주치는 설렘을 기다리며 한 장 한 장 들춰보다가 근사한 재킷을 하나 발견했다. 흰색 바탕에 미니멀한 금속 작품이 그려져 있는데—솔 르

윗의 작품이다!—전혀 모르는 뮤지션의 이름이 적혀 있었다. 피아니스트라는 언급 외에는 설명도 없다. 재킷의 느낌으로는 뉴에이지 재즈 같았다. 이 정도의 디자인 감각이라면 뭔가 남다른 음악을 듣게 되지 않을까? 아니라면, 물 한번 먹어보지 뭐.

작업실로 얼른 돌아와 조심스럽게 재킷을 벗기고 턴테이블 위에 검은 원반을 올렸다. 가뿐하고 통통 튀는 피아노가 흘러나왔다. 1930년대 재즈 시대를 떠올리게도 했고 깊고 서늘한 바닷속 풍경 같기도 했다. 서퍼를 꿈꾸며 바다에 들어섰는데, 심해를 잠수하게 된 기분이랄까? 나는 앨범 재킷을 다시 찬찬히 들여다보았다. '이로 란탈라Iiro Rantala—로스트 히어로즈'. 핀란드 재즈 피아니스트 이로 란탈라의 연주곡이었다.

한번은 J가 레코드판이 한가득 담긴 상자를 들고 들어온 적이 있었다. 오래 알고 지내던 선배의 것이라고 했다. 그는 하던 일이 잘 안돼서 가진 것을 모두 처분해야 할 상황이었다. 오죽했으면 낡은 레코드까지 꺼냈으랴. J는 상자를 홍대 앞 중고 레코드 가게에 가져갔다. 가게에서는 이유를 대며 선배의 레코드판을 구입하지 않았다. J는 미안한 얼굴로 묵직한 상자를 선배에게 도로 가져갔다.

"차라리 다행이래."

그날 저녁 J는 뒷머리를 긁적이며 말했다.

"오랫동안 간직한 추억들인데 그것마저 모두 팔려버렸다면 얼마나 쓸쓸했겠느냐며."

레코드 상자를 받아들고 안심했을 선배를 떠올리니, 아무리 나이가 들어도 버릴 수 없는 추억이 있음을 알겠다. 먼지가 자욱한 다락 구석에 놓여 있더라도 추억이라 부를 수 있는 물건들이 있어서 우리의 슬픔은 줄어드는지도 모른다. 무용해 보이는 물건들이란 이토록 간절한 무언가를, 우리 삶의 드라마를 하나씩 품고 있다.

지 도
수 집 가

세상에는 지도를 좋아하는 사람들이 있는데 이들은 모두 모험가다. 프랑스의 작은 마을 '루브시엔^{Louveciennes}'을 찾아갔던 날, 그걸 확실히 깨달았다. 이름도 낯선 이 마을은 외지인을 위한 식당 하나 제대로 없는 조용한 곳이었다. 베르사유로 진입하는 길목에 있어 왕정 시절에는 관리들과 귀족들이 제법 머물렀다고 하지만, 지금은 작은 마을에 불과했다. 이 작은 마을에서 근사한 지도를 가진 모험가를 만나게 될 줄이야!

나는 화가 엘리자베스 비제 르브룅^{Elisabeth Vigée-Le Brun}의 흔적을 찾아 이곳에 왔다. 마리 앙투아네트의 초상화가로 유명한 이 여성

화가는 여러 왕실의 초대를 받으며 궁중 여인들의 인물화를 주로 그렸다. 혁명기를 전후해서 그녀의 여정은 특별히 역사적으로 의미를 갖는다. 망명자로서 독일, 러시아, 영국을 전전하며 귀족 여인들의 삶과 문화를 엿보고 그녀들을 화폭에 그렸기 때문이다.

그림에는 낭만적인 색채와 고전주의적 뉘앙스가 공존하며 생생하면서도 우아한 느낌이 가득하다. 자연스럽고 세련된 터치로 그린 자화상에 비해 어떤 시기의 초상화들은 순정만화의 여주인공처럼 작위적인 문법을 취했다. 그림에 남겨진 뚜렷한 대비는 수수께끼처럼 말을 건넨다. 망명 생활에 대한 마담 비제 르브룅의 긴 회고록을 파리에서 사오긴 했지만 두껍기도 한 데다 긴 주석이 달린 예스런 프랑스어를 쉽게 읽어가기 어려웠다. 천천히 읽을 마음이 생기기까지 품고 바라볼 수밖에.

루브시엔은 엘리자베스의 도시다. 이곳에서 노년을 보냈고 근처 묘지에 잠들어 있다. 볕 좋은 가을에 그림 공부하는 친구와 함께 그녀를 찾아갔다. 고속전철인 RER에서 내리자, 이 도시 어디에도 관광안내소 따위는 없을 거란 걸 알아차렸다. 안내판이라도 있겠지 싶은 마음에 걸어보지만 동네지도 하나 걸려 있지 않았고 시청도 경찰서도 보이지 않았다. 길에는 사람 하나 없고 집안을 살피기엔 담이 제법 높다. 그때 어느 담 낮은 집에서 정원을 가꾸고 있는 백발이 성성한 아주머니를 보았다. 얼른 다가가서 말을 건넸다. 엘리자베스 비제 르브룅의 묘소를 찾아왔는데 가는 길을 알려달라고. '르브룅'이 발음하기 어려워 몇 번이고 되풀이했던 기억이 난다. 아주머니는 어리둥절한 표정으로 그 이름을 여러 번 발음한다. 아, 이런. 동네 사람들도 잘 모르나본데?

"마담 비제 르브룅을 찾아왔다고요? 일단 좀 들어와요! 루브시엔 지도를 줄 테니까."

이번엔 내가 어리둥절할 차례였다.

나는 종이에 병적인 애착심이 있다. 사주에 나무가 세 개나 들어 있어선지, 종이는 모아도 모아도 만족스럽지 않다. 바싹 마른 나무 냄새가 풍기는 이 얇은 낱장의 질감. 표면의 결을 쓰다듬을수록 손끝이 예민해진다. 비슷해 보이지만 어떤 것은 아주 미세하게 거칠고, 어떤 것은 크림이 발린 것처럼 쫀득하고 포실포실하다. 꾹 눌러진 활자의 압. 점자를 읽는 사람처럼 온전히 손끝의 감각에 집중한다. 종이는 그래야 한다. 이 냄새, 이 질감, 이 빛깔, 이 투명함, 이 매끄러움. 그리고 한 권의 책이 되고 한 권의 노트가 된다. 편지가 되고 엽서가 되며 작은 우표가 되고 눈먼 그림이 된다.

종이는 무엇보다 여행의 흔적이다. 내 서가에는 빈 노트와 쓰

지 않은 엽서, 편지지 따위가 수북하다. 여행지에서 구입한 것으로, 바라보고 만져보기 위한 종이다. 지난번 싱가포르 여행에서는 해양지도를 인쇄한 종이로 만든 커다란 봉투 세트를 가져왔고, 도쿄에서는 포장지와 편지봉투를 샀다. 파리의 방브 벼룩시장에서는 우표첩을 보다가 잠자리가 그려진 우표와 프랑스 사극에서나 나올법한 편지지를 샀다. 봉투 없이 촛농으로 봉인하고 인장을 찍어 보내는 형태의 편지지는 우울한 비밀이 숨겨져 있는 것 같아서 펼쳤다 접었다 하며 가지고 논다.

내가 수집하는 종이 중에서 가장 멋진 것은 지도다. 정확하게 측정되어 명쾌하게 표현된 최신의 지도가 아니라 어딘지 이상하고 재미난 지도를 찾는다. 이를 테면, 오래된 옛 지도나 지금은 사라진 건물이 그려진 지도, 낯선 글자가 가득 채워진 지도 들이다. 뉘른베르크에서는 옛집들이 빼곡히 들어찬 옛 시가를 정확하면서도 과장된 장치로 표현한 지도를 발견했고, 암스테르담 건축박물관에서는 이 도시의 유명한 건물들을 캐릭터로 재미나게 표현한 지도를 단돈 1유로에 샀다.

한편, 버려진 섬들만 모아둔 지도책을 사온 것은 순전히 모험심의 산물이었다. 남극해의 화산섬에서부터 등대 하나밖에 없는 적도의 작은 섬까지 세계의 섬 지도를 곁들인 역사책이다. 물에 잠긴 땅처럼 표현된 섬들의 일러스트는 근사했다. 헬리콥터를 타고 해발고도 1,500미터 상공에서 섬을 내려다보는 느낌이었다. 그건 우주를 방랑하는 운석처럼도 보였고, 하늘빛 광산에 박힌 보석 같기도 했다. 독일어와 네덜란드어, 프랑스어를 몰라도 된다. 이것은 지도니까. 길과 건물을 나타내는 그림은 만국공통어다. 지도만 있으면 어디든지 원하는 곳으로 갈 수 있다. 지도를 펼치면 거대한 세계가 내 두 발을 기다리고 있는 것 같아 짜릿해지곤 한다. 그곳은 늘 기대한 것 이상의 무엇이 펼쳐질 것이라 상상해본다.

마담 루브시엔은 나와 친구를 거실로 안내하고 하던 일을 마무리하러 갔다. 우리는 예기치 못한 초대에 고맙고 또 당황하여 거실에 우뚝 서 있었다. 프랑스 시골이 인심이 좋긴 하지만, 길을 묻는 낯선 사람을 집 안으로 들여서 안내할 만큼 친절하진 않다. 시골인심을 논하기에 루브시엔도 아주머니도 귀족적인 데가 있어뵈는 분위기고. 진정하고 거실을 둘러보니 예사롭지 않은 느낌이 들었다. 뚜껑을 열어젖히면 책상이 되는 장식장은 제법 오래되어 보였고 거실 벽에는 작은 액자들이 보기 좋게 걸려 있었다. 예술 애호가라는 느낌이 물씬 풍겼다.

마담 루브시엔은 엘리자베스 비제 르브룅을 몰랐던 것이 아니었다. 젊은 동양여자 둘이 베르사유의 왕실 화가를 어떻게 알고 찾아왔는지가 궁금했던 것이었다. 아주머니가 서랍에서 꺼내 펼친 루브시엔 지도는 예뻤다. 부르봉 왕가의 문장인 아이리스 세개와 달리는 늑대 두 마리가 그려진 이 도시의 문장이 고풍스럽게 박혀 있었다. 루브^{loup}는 늑대. 루브시엔은 늑대에서 유래한 이름이다. 손그림으로 그려진 지도에는 관광루트도 꼼꼼히 표시되어 있다. 이렇게 볼 게 많은 곳이라니 예상치 못했다. 길을 더듬어보니 베르사유 고속도로가 있고, 그 옆으로 왕실 사냥터인 마를리 공원이 있다. 묘지의 위치를 짚어주며 마담 루브시엔은 이 도시에 인상파 화가들도 자주 와서 그림을 그렸다는 이야기도 들려주었다.

마담과 우리는 제법 오랫동안 즐거운 이야기를 나눴다. 정확한 프랑스어로 천천히 침착하게 설명을 해주는 게 인상적이었다. 짐작했던 대로 아주머니는 학교 선생님이었고 은퇴 후에 예술과 여행을 즐기며 노년을 보내고 있었다. 여행을 너무 좋아해서 한국에도 다녀온 적이 있단다. 지명을 잊었지만 지방 도시로 떠난 관광버스에 외국인이라고는 자신밖에 없어서 어색한 한편 즐거웠다고 했다. 언젠가 여행에 대한 책을 쓸 거라며 루브시엔의 모험가는 밝은 표정을 지었다. 그때를 위해 자료를 많이 모아두었다고, 지도들도 충분히 모아두었다고.

"이 지도는 가져가요. 나보다는 여러분이 더 필요할 것 같아."

우리 모두는 길 위에서 만난 여행자들이다. 길 위의 여행자는 가진 것을 나눠야 한다. 도움을 주고 또 도움을 받으며 목적지를 향해간다. 마담 루브시엔은 우리에게 귀한 지도를 주었는데 우리는 시간에 쫓겨 황급히 인사만 하고 나올 수밖에 없었다. 지도를 따라 엘리자베스 비제 르브룅이 살았던 집과 묘소, 인상파 화가인 피사로와 르누아르가 그림을 그렸던 장소를 걸었다. 그 여정을 이끌었던 지도는 다른 지도들과 함께 서가에 꽂혀 있다. 수많은 여행의 물건들로 채워진 작업실은 내 여행첩이다.

연남동 생활창작공간에서 마을지도를 만들었다며 작업실에 한 뭉치 두고 갔다. 앞쪽 서가에 놓아두었더니 탐내는 사람들이 많아 모두 나눠주었다. 두어 달쯤 지나니 공방지도를 만들었다며 또 한 뭉치 건네주었다. 공방지도에는 내가 몸담고 있는 이 달콤한 작업실도 나와 있었다. 골목길이라는 의미로 얇게 그어진 두 개의 선을 따라 손가락을 조금씩 옮기니, 손끝에 달콤한 작업실이 있었다. 아, 멋져라. 도대체 이 지도라는 물건은 누가 가장 먼저 만들었을까? 길을 지나던 사람들도 지도를 보고서는 작업실 문을 두드렸다. 그들에게 기꺼이 나눠준다. 이 지도가 당신을 멋진 곳으로 안내하기를.

에세이스트의
책상

인생은 수많은 책상을 넘나드는 여정이다. 그동안 나에게 얼마나 많은 책상이 주어졌던가. 초등학교에 입학하면서 책가방과 함께 책상을 갖게 된 후로 35년의 시간을 무수한 책상들을 옮겨다니며 보냈다고 해도 과언이 아니다. 집과 학교, 회사와 카페. 그리고 서울에서 파리까지 수많은 테이블 위에서 책을 읽고 글을 썼다. 책상은 읽고 쓰는 것 이상의 존재다. 그 누구도 방해하지 못하는 나의 영지라는 점에서.

나의 첫 번째 책상은 서랍이 달린 테이블 위에 책꽂이가 얹힌 소위 학생책상이었다. 책꽂이에 스탠드가 부착되어 있고, 상판 아래에도 선반이 있어 발을 올려두면 자세가 편안해졌다. 나는 발아래 선반에도 책을 꽂아두었다. 그럴 때면 앉는 자세가 좀 불편하긴 했지만 발가락 끝에 닿은 책의 촉감이 꽤 좋았다. 몸이 커가면서 책상도 조금씩 커졌으나 고등학교를 졸업할 때까지 같은 구조의 책상들이 내 방에 들어왔다.

학교에서 돌아와 내 방에 들어오면 일단 책상 스탠드부터 켰다. 내가 돌아왔음을 선포하는 것이다. 책상에 앉으면 아무도 나를 방해하지 않았다. 책상은 경계가 분명한 아주 작은 공간이긴 했으나 내가 주인이었다. 나에겐 허락 없이 침범한 자를 응징할 권리가 있었다. 책상에 앉으면 자신감이 넘쳤다. 책상 위는 여러 방향으로 힘이 작용했다. 열린 창문으로 바람이 드나들어 책의 페이지를 흔들었고, 내 손은 종이를 내리눌렀다. 연필은 종이 위에 한 점으로 힘을 받고 바닥의 힘을 밀면서 글자를 썼다. 가슬가슬 한 종이 표면의 저항력을 뚫고 미끌어지는 연필의 움직임. 사각사각. 나는 물리적인 힘을 느끼며 글자를 적었다. 이 힘은 오로지 내 감각이었다. 내가 시작하고 컨트롤하고 끝내는 행위였다.

책장에는 교과서와 참고서가 가지런히 꽂혔다. 책은 높이와 책등 색깔까지 맞춰서 꽂았다. 피아노건반을 훑듯 손가락으로 책등을 매끄럽게 문지르면 짜릿함이 온몸을 스쳤다. 지금도 서점에서 매대의 책이 들쭉날쭉 놓여 있으면 그걸 반듯하게 정리해두는 이상한 버릇이 있는데, 책이 구겨지거나 상하는 것을 무엇보다도 싫어해서다. 다른 물건에는 더없이 무디지만, 오로지 책에는 그토록 예민하게 군다.

책상에는 열쇠로 잠글 수 있는 서랍이 있었다. 중요한 것이나 은밀한 것들을 보관하는 곳일 테지만 나는 열쇠로 서랍을 잠근 적이 없었다. 하지만 좀 숨길 걸 그랬다. 엄마는 늘 내가 말하지 않은 것까지 모두 알고 계셨으니까.

서랍을 열어보면 내 성격을 금세 알 수 있을 것이다. 태초의 카오스, 서랍을 정리하지 않는 것은 아니다. 오히려 자주 정리하는 편이다. 분명히, 가장 위 칸은 자주 꺼내 쓰는 학용품, 두 번째 칸은 중요한 것들이나 가끔 꺼내어보면 기분이 좋아지는 물건, 세 번째 칸은 자주 쓰지도 않고 중요도도 떨어지는 물건, 가장 아래 칸은 거의 꺼내지 않지만 아끼는 것, 이를 테면, 리플릿, 엽서, 카드 같은 것들을 넣어둔다. 그러나 조금 지나면 서랍은 뒤죽박죽이 된다. 서랍은 주인의 심리상태를 드러낸다고 전문가들이 말한 적이 있던가. 그랬다면 그들 말이 백 번 옳다. 내 마음 상태는 딱 내 서랍 같다. 어디에 무엇이 있는지는 알지만 결코 찾아낼 수 없는 한 덩어리의 혼돈 상태.

책상 위는 아무것도 놓이지 않아야 한다. 그 무엇도 침범하지 않은 순수한 상태여야 한다. 가방에서 책과 노트를 꺼내어 책상 위에 올리면 각진 모양새가 제법 보기 좋았다. 사각의 책상 위에 사각의 책과 노트, 사각의 필통과 사각의 지우개, 사각의 메모지, 사각의 사전. 그것들이 이루는 그리드 속에서 열정이 폭발하는 것을 느낀다.

나는 책상에서 읽고 쓰는 것만큼 상상하는 일들에 몰두했다. 그때의 책상은 내가 품을 수 있는 상상이 모두 펼쳐지는 곳이었다. 책상 위는 메마른 사막이었다가 흙모래 폭풍이 쏟아졌고, 물속에 잠겼다가 우주의 먼 소행성이 되기도 했다. 고대의 모험가와 먼 미래의 탐험가의 원정대에 기꺼이 참여했던 나의 여정이 책상에 새겨졌다.

성인이 되어 대륙을 건너고 바다를 지나 저 먼 곳까지 가보았지만 나는 여전히 어린 시절의 그 짙은 나무색 책상에서 벗어나지 못하고 있다는 생각이 든다. 그 이후의 수많은 책상들이 모두 그때의 책상을 흉내 내고 있다.

달콤한 작업실에서 쓰는 책상은 그 전에 썼던 것과는 형태가 다르다. 자작나무 합판을 재단하여 만든 상판에 공사 현장에서 용접해온 철재 각파이프를 나사로 조여서 만들었다. J와 내가 쓸 예정인 두 개의 책상이 마주보고 놓였다. 서로의 책상 사이에는 가로막는 것이 없고 책상 아래를 감춰주는 것도 없이 모든 것이 노출되어 있다. 이케아에서 구입한 5단짜리 서랍장을 책상 아래 넣었더니 제짝인 것처럼 딱 맞았다.

이 책상에는 비밀이 있다. 두 개의 책상이 분리되지 않고 한 몸처럼 엮여 있는 것이다. 큰 책상이 필요했던 J는 공간이 허용하는 최대치로 합판을 재단했다. 그런데 책상을 설치해보니 주변 공간이 턱없이 좁아져버렸다. 하는 수 없이 책상 상판의 크기를 잘라내는 작업이 이어졌다. 가로세로를 20센티미터 가량씩 잘라내고 나니 원래 크기에 맞춰 제작된 각파이프 다리가 바깥으로 튀어나왔다. 눈에도 거슬렸지만 자칫 다칠 우려도 있었다.

그 해결법으로 상판을 나란히 놓고 다리는 앞쪽으로 튀어나오지 않도록 안쪽에서 서로 겹치고 어긋나게 접합을 했다. 떼어서 쓰기에는 어렵게 되었지만 다리가 겹쳐져 몹시 사이좋은 책상이 완성되었다. J와 나는 이 책상을 두고 매우 야한 자세를 한 부부 책상이라 부르곤 한다. 그렇게 마주보고 앉아서 각자의 일을 했다. 그러다 보니 작업실의 책상은 나 혼자만의 것이 아니었다. 나는 노출되고 함께하는 책상에 익숙해져야 했다. 연필보다는 노트북의 자판에 익숙해지고 두 대의 모니터가 빛을 발하는 책상으로.

다른 이의 책상에서 25년 동안 지내며 그 책상이 부리는 이야기의 마술로 10여 권의 소설을 써낸 여자가 등장하는 소설. 니콜 크라우스의 『그레이트 하우스』는 오래된 책상에서 비롯된 이야기다. 책상은 이야기를 시작하기 좋은 주제다. 누군가의 책상에 앉는다는 건, 그의 삶과 그의 이야기를 마주하며 모두 받아들이는 것과 같다. 내가 가장 앉아보고 싶은 책상은 누구의 책상일까? 소설가, 혹은 화가의……? 아무리 생각해봐도 그 누구도 아닌 내 열세 살의 책상이다. 그곳으로 갈 수 있다면. 세상 너머를 상상하게 했던, 원시림 같은 그 책상을 다시 만져볼 수 있다면.

지금 나는 다시 혼자만의 책상을 갖게 되었다. 나와 책상을 공유하던 J는 작업실에서 나와 근처 성산동에 건축가 선배와 함께 새로운 사무실을 마련했다. 같은 분야의 사람들과 공동 작업이 잦다 보니 공간도 자연스럽게 분리되고 합체되었다. 부부에게도 자기만의 일과 공간이 필요하다는 사실을 확인한 셈이다. 나는 한층 조용해진 작업실에서 침잠할 수 있었고, J는 좋아하는 예능 프로와 드라마를 볼 자유를 얻었다. 그렇다. 책상을 공유하는 건 옳지 않은 일이었다.

일인용
다호

요란스럽게 첫눈이 내리던 날, 주문해두었던 다호를 찾아왔다. 작고 동그란 일인용 다호다. 무늬도 없고 반짝임도 없으나 가슬가슬한 흙의 기운이 단단했다. 엷은 색과 짙은 색 두 개를 골랐다. 작업실에는 2인용, 4인용, 6인용 등 다양한 크기의 찻주전자가 있지만, 이 다호는 혼자 있는 시간이 많은 나에게 딱 한 잔의 차를 만들어줄 것이다. '자사호'라고도 불리는 이 다호는 중국차뿐만 아니라 홍차나 허브를 우리기에도 적절하다. 우연히 찾아온 친구에게 차를 낼 때도 향기로운 잎차를 다호에 담고 작은 찻잔을 쟁반에 담아내면 보기 좋은 찻자리가 마련될 것이고.

다호를 깨끗이 씻은 뒤 뜨거운 물로 여러 번 헹궜다. 어떤 차를 가장 먼저 마실까 고민하다가 '운남전홍'과 '무이수선'을 꺼냈다. 중국에서 생산되는 홍차와 청차다. 수선을 먼저 우린다. 녹차처럼 노란 물빛도 아니고 홍차처럼 붉지도 않다. 약간 푸른 기가 도는 연두색이라고 할까? 청자처럼 은은한 푸른색이다. 옛사람들이 아름답다고 여기던 비색의 푸른빛이란 이런 색이 아니었을까? 다호에 뜨거운 물을 담아 조용히 기다린다. 1분쯤 지났을까? 자주 마시는 도톰한 컵에 따르니 가득 담긴다. 딱 한 잔.

중국에서는 '다우'라고 해서 혼자 차를 마시더라도 차 친구를 곁에 두는 풍습이 있었다. 다우는 동물 모양이나 달마 모양의 도자기 인형인데, 차 도구 곁에 항상 놓아두고 찻물을 부어주거나 붓으로 찻물을 발라주며 색을 들였다. 찻자리를 오랫동안 지키며 찻물이 담뿍 들면 그게 또 이야깃거리가 되었다. 찻자리를 함께하는 친구가 하나쯤 있다면 얼마나 좋을까? 옛말에 거문고 튕기는 소리만 들어도 그 마음을 알 수 있다고 했고, 그렇게 마음이 통하는 친구를 '지음知音'이라 했다. 오늘 고른 차의 향기만 맡아도 마음 상태를 알아챌 수 있는 친구라면 그 또한 지음이라 하겠다. 다우만으로도 언감생심인데, 일인용 다호에 차를 우리면서 지음을 찾다니. 욕심일까?

책 의
집

문제는 서가다. 이 책들을 모두 어찌할 것인가? 이미 아파트의 방 두 개를 채운 책들은 집 서가와 작업실 서가를 왔다 갔다 하며 자리 옮기기만 할 뿐 도무지 줄어들 기미가 보이지 않는다. 버릴 수도 남에게 주어버릴 수도 없다. 책을 아무렇게나 내어주다니 그래서는 안 된다. 책을 선별하는 눈물겨운 과정을 거쳐 중고서점에 처분하고 벼룩시장에도 내놓았지만, 서가는 꿈쩍도 하지 않았다. 오히려 자가증식이라도 하듯 점점 더 늘어만 간다. 이제는 포기했다. 채울 수 있는 데까지 채우고 그다음은…….

"서가가 좁다고 말하지 마. 책이 너무 많은 거야!"

작업실 서가는 75센티미터룰에 맞춰 2단짜리 낮은 서가(높이는 딱 75센티미터였다)를 계획했다. 안쪽 벽에 가로로 길게 놓고 창문 쪽에도 문 옆까지 긴 서가를 놓았다. 창문 쪽 서가에는 주로 잡지나 음반, 자료집 등을 꽂아두었고, 각종 자료와 서류, 잡지들을 포함한 책의 전부는 안쪽 서가에 두었다. 서가는 순식간에 채워졌다. 나의 책 소비를 과소평가한 것이다. 책들이 서가 위의 선반에 차곡차곡 쌓이기 시작했다. 처음에는 벽에 기대놓을 수 있었지만 나중에는 여러 겹으로 쌓였다.

J는 점점 높이 쌓여가는 책들에 기겁했다.

"책을 줄이지 못한다면, 75센티미터룰을 포기해야지. 이왕 늘릴 거면 벽 하나를 서가로 꽉 채우자. 그 정도는 돼야 여유 있게 책을 꽂지."

룰은 깨는 거라고 누가 말했던가? 움쭉달싹 못 하고 빡빡하게 채워졌던 책들도 한숨 돌리는 것 같았다.

마음에 드는 책장을 발견하는 것은 세상에서 가장 어려운 일 중 하나다. 그 어려운 일을 늘 해왔던 대로 가장 저렴한 방식으로 서가를 만들어보기로 했다. 조임도 이음도 짜임도 없이, 판과 기둥으로 쌓아올리는 가장 간단한 형태를 계획했다. 디자인 요소라고 한다면 판은 목재로 하고, 기둥은 철재로 한다는 것 정도.

J가 함께 일하는 현장소장으로부터 목재소와 철공소의 연락처

를 받아들고 합판과 철판을 보러 갔다. 목재소 풍경은 아름다웠다. 진한 나무 향내에 정신이 아득해졌다. 고운 결에서 은은한 분홍빛이 솟아올랐다. 더울 땐 향이 짙고 추울 때 한기에 섞인 향이 상쾌하다. 목재들은 각기 다른 이름을 갖고 있었다. 적송, 미송, 나왕, 티크, 멀바우, 애쉬, 오크 등등.

"저렴한 건 저쪽이에요."

목재소 아저씨가 손짓하는 곳에 잘 재단된 목재들이 쌓여 있었다. 아저씨가 재단된 목재를 들어 보였다. 참나무란다. 색이 밝고 결이 경쾌했다. 매끄러운 나무결에는 크고 작은 동그란 무늬가 있었다. 이렇게 아름다운 나무가 가장 저렴하다니 어찌된 일일까?

"워낙 무른 나무여서 쓰임새가 마땅치 않아요. 건축 재료로 쓰는 건 단단해야 하거든."

목재소 아저씨들은 심드렁하게 말하며, 내가 예쁘다고 생각했던 바로 그 동그란 무늬를 가리켰다.

"옹이도 크게 있죠? 그래서 잘 보이는 데 못 써요."

아저씨는 계속 흠을 늘어놓았다. 표면 가공이 되지 않아 거칠거칠하죠? 여기 검은 잉크로 도장도 찍혀 있죠? 내가 마음에 드는 모든 부분을 지적했다. 나무를 막 잘라서 가지고 온 듯한 느낌이었다. 움푹 파인 옹이도 자연스런 무늬를 그리고 있었다. 알 수 없는 숫자와 글자 도장도 신비로운 무늬였다. 쓰다듬을수록 나무의 온기가 느껴졌다. 우리는 기꺼이 참나무를 골랐다.

다음은 철공소였다. J는 철판을 미리 주문해두었다. 검은 철판은 30센티미터 높이의 검은 철판을 'ㄷ'자 모양으로 접었다. 이것을 열 개 정도 만들었다. 철판은 어떤 이음도 조임도 없이 오로지 힘의 적절한 배분으로 합판을 지지하게 될 거였다. 조금 불안정해도 문제없었다. 이미 사용 중인 자작나무 서가가 단단하게 하중을 받쳐줄 것이고, 또 수많은 책들의 무게로 균등하게 힘을 잡아줄 것이기에. 합판 여덟 장과 철판 열 개는 모두 합쳐 27만 원이다. 합판 두 장은 절반으로 잘랐다. 목재소 아저씨들은 합판 절단 같은 사소한 일에 뭔 돈을 받냐며 선심을 썼다.

이제 판과 기둥을 배치할 차례다. 나사도 접착제도 없이 철판을 놓고 합판을 쌓았다. 온전한 합판 두 장과 절반으로 자른 합판 한 장씩이 한 층을 이룬다. 합판은 떨어지지 않도록 바짝 붙여서 놓고 그 사이사이에 'ㄷ'자형 철판을 넣어 지지한다. 그다음은 책들의 몫이다. 책이 없다면 서가는 무너질 수도 있다. 무겁고 큰 책들은 아래에, 가벼운 책들은 위에 놓았다. 철판이 놓인 곳 위쪽은 책을 단단히 쌓아서 힘을 실을 수 있도록 했다. 지지하는 힘과 흔들리는 힘의 균형. 원래 서가란 책이 없다면 아무런 의미가 없지 않은가?

책장을 정리하면서 오래된 도록을 꽤 많이 찾아냈다. 구사마 야요이, 요코 오노, 이우환, 주명덕, 김수강, 장욱진, 권진규, 프랑스에서 보았던 클림트, 낭만주의와 상징주의 화가들, 카날레토, 샤르댕, 부셰, 앵그르 등의 전시, 일본여행 중에 본 발튀스, 발로통, 19세기 영국회화 등 잡지사 기자로 미술관을 드나들던 때부터 틈틈이 모아둔 것이니 이것들도 한자리에 모으면 꽤 근사한 미술관이 되겠다.

한 권씩 꺼내서 들추면 미술관에서 그 작품들을 보았던 기억이 되살아난다. 어떤 작품은 생생하게 뇌리에 남아서 오랫동안 내게 말을 걸었고, 그땐 스치기만 했던 작품이 새롭게 보이기도 한다. 그림들을 쓰다듬어 보았다. 책장에 꽂아두기만은 아까워 한 장 한 장 펼쳐서 햇볕을 쬐어주고 싶었다. '10년 전 도록을 꺼내며'라는 주제로 글을 써볼까? 그 당시 그림을 볼 때의 나와 지금의 나는 얼마만큼 멀리 떨어져 있을까? 그때의 그림은 지금의 나에게 어떤 무늬로 남아 있을까?

누군가는 밑줄을 긋고 누군가는 여러 번 읽고 외며, 누군가는 옮겨 적는다고 하던데, 나는 그저 독서하는 행위 속에 그 느낌을 가두어둔다. 한때는 아무리 글을 읽어도 고이지 않고 주루룩 흘러버리는 것 같아 안타까운 마음이 들기도 했다. 그런데, 한편 이런 생각이 드는 것이다. 내게 고이지 않고 흘러가는 생각들이나 문장들은 그냥 흘려보내는 게 옳다고. 내가 필요로 하는 생각들이나 글은 문장으로 옮기지 않더라도, 음악이나 그림이 그러하듯 내 속에 차곡차곡 쌓여 있을 테니까. 한때 편식이 심한 나의 독서를 걱정하기도 했고 타인의 글을 주관적으로 판단하는 게 마음에 걸리기도 했다. 그러나 지금은 더욱 주관적이고 더더욱 편식하는 독서를 하리라 마음먹는다. 오롯이 내게 필요한 만큼의 글밥이 되어야 좋은 독서라고 생각한다.

도대체 어떤 책들이 이 공간을 가득 채우고 있는가? 서가를 둘러본다. 조르주 페렉의 『사물들』이 나열된 사물들을 통해서 1960년대의 실비와 제롬의 인생을 보여준 것처럼 최대한 객관적으로 책들의 분포를 점검하려고 눈을 가늘게 뜨고 바라본다. 얼마 가지 못해 나는 손을 뻗어 한 권씩 책을 뽑아든다. 훌훌 넘기며 낄낄거린다. 한 권 한 권 마음이 가는 것들이기에 제목만 보고 넘어갈 수가 없다.

나는 그 책들에 오래 머문다. 들춰보고 킁킁거리면, 책을 샀던 그날 왜 이 책을 골랐는지 추억이 방울방울 떠오른다. 신작이 나올 때마다 사서 읽고 꽂아두는 몇몇 작가에 이르면 그 작가의 역사를 뒤따르던 나의 여정들이 분주하게 펼쳐진다. 글을 쓸 영감을 준 책들은 그만큼 사랑스럽다. 조용히 꺼내 내가 좋아하는 페이지를 펼친다. 좋았던 페이지는 여전히 감동을 준다. 그 페이지에서 작가의 생각과 내 감각이 하나가 되었기 때문이다.

"요즘 들어서 책을 제대로 읽는다는 생각이 들어."

내 말에 J가 당황스런 표정을 짓는다.

"그동안 눈떠서 잠들기 전까지 읽어온 책들은 다 뭐야?"

그의 핀잔에 나는 그냥 웃고 만다.

시대의
우 울

　문득 최영미의 『시대의 우울』이라는 책이 떠올라 서가를 뒤졌다. 그리고 찾았다. 서점에서 이 책을 샀던 날을 기억한다. 잡지 마감이 끝난 여름날이었다. 뜨거운 햇볕이 내리쬐던 오후 혼자 산책하듯 신촌 홍익문고에 갔었다. 서점의 서가를 뒤적이는데 온통 새파란 빛깔이 눈에 들어왔다. 내가 좋아하는 이브 클랭의 '클랭 블루'였다. 그 푸른색에 온몸으로 도취되어 그 책을 집어 들었다. 그림, 유럽, 일기. 이런 단어에 단박에 매혹되었던 것도 같다.

　나는 책을 구입하면 간단한 코멘트와 날짜를 적어두는 버릇이 있다. 이 책에는 "최영미, 어느 날 갑자기 그녀가 궁금해졌다.

2000년 7월 30일"이라고 적혀 있다. 흰색 표지가 더러워지지 않도록 투명 비닐를 사서 커버까지 씌웠다. 그리고 나는 런던, 파리, 브뤼셀, 쾰른, 밀라노, 로마, 아시시, 마드리드, 니스, 피렌체, 뮌헨, 프라하, 빈, 베네치아로 이어지는 최영미 선생의 여정을 따라가며 몇 장의 그림을 보고 몇 줄의 글을 읽었다. 작가가 마흔의 시기를 조용조용 다독이며 자신의 관심사를 좇아 도시를 넘나든다. 달뜬 열정이 아닌 내적인 시선과 몇 개비의 담배, 자신의 고요한 바람들.

마지막 페이지를 보니, 책을 다 읽은 후의 감상이 적혀 있었다. 읽고 나서 기분이 삼삼해지면 먼지 어디쯤엔가 뭔가를 써놓고는 했다. 날짜는 2000년 8월 23일. 읽는 데 한 달쯤 걸렸나보다.

"그녀의 글에서는…… 내가 알고 싶은 것, 보고 싶은 것, 재미있는 것, 절실한 것들이 도처에 얼마나 많이 산재해 있는지를 알려준다. 당산철교를 지나는 짧은 순간 보게 되는 한강의 야경. (……) 최영미의 건조하고 시니컬한 문장 속에 그녀의 절실함을 느낄 수 있다. 보고 알고 느끼고 행동하는 삶. 그건 생각만큼 어렵지 않을 수도 있다. 카드빚으로 만든 여권만큼이나. 가볍게 살자. 오직 현재뿐이라면. 이제 미래라는 시간을 유보해두면서 망설이지 않으리라. 2000. 8. 23. 전철에서"

앗, 내게 무슨 일이 있었던 걸까? 기억을 더듬어본다. 첫 직장인 잡지사를 그만두려고 마음먹고 먼 곳으로 가려고 여권을 만들었다. 잡지를 만드는 일도 새로운 사람을 만나는 일도 무척 좋아했는데, 그런 결심을 했던 계기가 무엇이었을까……. 서서히 떠오르던 기억 중에는 회사에 불합리한 일을 항의하고 편집장에게 분노를 토했던 장면이 있다. 스물일곱의 나는 박봉과 야근에, 조직의 결정대로 움직이는 집단의 시선에 답답함을 느꼈던 것 같다.

머릿속이 가장 복잡했던 시절이었다. 멋진 잡지도 만들고 싶었고, 한편 유럽으로 날아가는 꿈도 품고 있었다. 뭘 어떻게 해야 할지 몰라서 부딪히고 고민했던 날들이었다. 정말이지 뭘 어떻게 해야 할지 몰랐다. 그럴 때면 떠났다. 직장을 떠나 다른 직장으로 옮겼고, 이 도시를 떠나 먼 곳에 정착했다. 먼 곳은 먼 곳 나름의 고민이 있었고, 삶은 늘 버거운 질문을 던졌다. 그 모든 질문에 다 해답을 찾지 않아도 된다는 것은 많은 시간이 흐른 후에야 알게 되었다. 그제야 삶이 조금 편안해졌다.

그때 생각이 나면 어깨가 묵직해졌다가도 마음이 가벼워진다. 그때나 지금이나 나는 클랭 블루를 좋아한다. 16년 전 나를 매혹했던 블루는 희망이며 심원한 내면이었다. 16년이 지난 지금의 블루는 어른의 색이며 나이듦의 색이다. 나는 그때보다 우울해졌다. 그리고 그때보다 행복해졌다.

　　10년 전 책을 다시 꺼내 읽는다는 것은 그 시절을 되뇌는 것과도 같다. 내 청춘의 날들도, 좌절과 고민도, 용기와 꿈도 다시 품고 더듬어본다. 내가 꿈꾸던 것들이 모두 다 이루어졌을까? 그럴 리가 있겠는가? 평생이 흐른다고 다 이루어질 리가 있겠는가? 꿈은 여전히 꿈이고 나는 여전히 나다. 그러나 때때로 그 시절의 반짝임을 다시 기억하고 싶다. 옛날 책을 읽으면, 나라는 인간이 조금은 더 이해가 된다. 그 힘으로 타인을 이해하게 된다.

내 서가에 꽂힌 책들

서가는 서랍만큼이나 다양한 물건들로 채워져 있다. 책만 있어도 부족한 공간에 노트며 서류철이 꽂히고 서랍에 두기에는 너무나 아까운 엽서, 그림, 작고 귀여운 오브제 들이 놓여 책을 가리곤 한다. 우선, 책! 전시회에서 사온 도록과 좋아하는 예술가의 화집, 건축 잡지와 문화유산 관련 잡지 등 볼륨이 큰 책들이 가장 먼저 눈에 띈다. 그다음으로는 근대의 미세한 지점을 밝히는 재미있는 논문들과 역사서들이 한 칸을 차지한다. 특히 호텔이나 철도와 같은 주제, 다양한 민족들이 대양과 대륙을 넘어 이동하는 이야기들은 늘 흥미롭다. 그 사이에 모험의 역사가 있고 역사의 수수께끼가 있으므로. 소설을 가장 사랑하지만 서가에 소설은 그다지 찾아볼 수 없는데 대부분 잠들기 전 밤 독서용이기 때문이다. 사실 침대에서 하는 독서가 가장 신선하고 상상력을 자극하지 않던가.

요즘 찬찬히 깊이 들여다보는 장르는 (산문집이 아닌) 에세이다. 자신이 경험한 바를 생생한 목소리로 서술하면서도 문학성과 예술성을 갖춘, 그리고 사회적 메시지를 지속적으로 담고 있는 에세이들을 찾고 늘 곁에 둔다. 존 버거, 수전 손택, 브루스 채트윈, 리베카 솔닛, 시리 허스트베트, 서경식 등등 문화예술을 바탕으로 삶과 사회를 엮는 다양한 글쓰기를 해온 작가들의 책들. 한편, 슬쩍 자랑하고 싶은 책은 종이나 문구 애호가를 위한 아이템들을 모아둔 컬렉션 북이다. 종이 나부랭이로 기가 막힌 기록물을 만드는 방법을 보여주는 책, 필기구와 종이, 노트 정보를 세밀하게 갖춘 책, 쉽게 할 수 있는 레터프레스 가이드북 등등 일본에서 출간된 실용서들이다. 그중 내 서가에 꽂힌 책 중에서 특별한 기억을 담은 책 몇 권을 골라보았다.

다니엘 아라스Daniel Arasse, 「우리는 아무것도 보지 못한다On n'y voit rien」

프랑스 유학 시절에는 책을 많이 사지 못했다. 사야 할 책들은 대부분 도서관에서 빌리거나 복사를 했다. 그러나 몇 권의 책은 도저히 지나치지 못하고 값을 치렀다. 그 책들은 진정한 보물이다. 그중 하나가 다니엘 아라스의 책이다. 다니엘 아라스는 불의의 사고로 유명을 달리했으나 프랑스에서 지금껏 대중적인 인기를 누리는 미술사가이자 연구자다. 그는 미세한 시각으로 그림을 분석하면서 탁월한 지성을 보여준다. '우리는 아무것도 보지 못한다'라는 저돌적인 제목의 책은 문고판으로 출간되어 스테디셀러가 되었다. 그러나 고급스런 판형과 디자인으로 새로 출

간된 책을 보니 도저히 내 것으로 만들지 않을 수 없었다. 제목과 연결되게 까만색 표지에 압으로 제목을 넣었다. 그리하여 진정 책 표지에서 아무것도 보이지 않지만 눈을 가늘게 뜨고 미세하게 관찰할 때 꽤 흥미진진해진다. 질감이 느껴지는 노르스름한 종이는 더할 나위 없이 섬세한 글자와 그림을 마치 채색판화처럼 멋스럽게 보이도록 한다.

브루스 채트윈, 「송라인」

나를 먼 곳으로 데려다줄 책을 사랑한다. 고고학자들의 모험담이나 칼 세이건의 「코스모스」 같은 책을 좋아하는 이유도 그 때문이다. 아스라이 멀어져가는 과거에서부터 공간적으로 점점 멀어져가는 저

우주까지 나를 이끌어주는 모험가는 바로 책이다. 『송라인』은 그런 책 중 하나다. 브루스 채트윈의 기행서는 『파타고니아』가 더 인기가 높지만, '송라인'이라는 말이 너무나 아름다워 펼치지 않을 수 없었다. (그러고 보니 '파타고니아'라는 단어도 얼마나 듣기 좋은가?)

송라인은 노래로 그어진 국경선이다. 눈에 보이지 않는 세계의 끝으로 가는 흐릿하고 불투명한 걸음을 따라 기록되지 않은 과거를 찾아가는 글이다. 채트윈의 글은 여행서가 아니라 인생기다. 그래서 멋지다.

다카시나 슈지, 「명화를 보는 즐거움」
부산 보수동 책방 골목에서 1978년에 출

간된 미술 에세이를 샀다. 보티첼리의 비너스가 너무나 사랑스런 눈빛을 하고 있어서였다. 책의 모양새가 딱 손에 잡혀서 마음에 든다. 활자는 아주 작지만 단단하게 눌러 찍어 읽는 데 전혀 불편하지 않다. 당시 가격은 1,400원인데, 내가 지불한 금액은 1만 원이다. 세월을 훌쩍 넘어 내 손에 쥐어지기까지 이 책은 어떤 역사를 살아왔을까? 책의 물성이 대견해지는 순간이다.

로제 마르탱 뒤가르, 「티보가의 사람들」
내가 어렸을 적에는 한 손에 쥐어지는 문고판 책이 많이 나왔다. 어린이용 세계명작과 에이브문고를 섭렵한 뒤에는 그때그때 작은 문고판을 골라 한 권씩 구입하며

서가를 넓혔다. 삼중당문고, 범우사루비아 문고, 학원사의 한 권의 책 등이 내가 즐겨 읽던 문고본이다. 학원사의 한 권의 책(한 권에 단돈 1천 원이었다)은 서점에 들어온 날 시리즈의 제1권을 구입했는데, 로제 마르탱 뒤가르의 『회색 노트』였다. 사춘기 소년 둘이서 교환일기를 나누는 이야기가 어찌나 멋져 보였는지 나는 친구에게 교환일기를 하자고 부추겼다.

『회색 노트』는 『티보가의 사람들』이라는 8부작 대하소설의 첫 번째 이야기다. 대학 시절에 이 대하소설이 완역 출간된 것을 서점에서 보고서 반가운 마음에 다시 한 권씩 구입해서 읽기 시작했으나, 결국 끝을 내지 못했다. 얼마 전 바로 그 시리즈가 인터넷 중고서점에 나온 걸 봤다.

20년이 지난 후 다시 보게 되니 옛 친구를 만난 듯 기뻤다. 마지막 에필로그가 빠진 7부 일곱 권을 고작 2만 원에 샀다. 다시 보니, 그 시절 읽었던 책들이 내 인생의 큰 부분을 결정했다는 생각이 든다.

바바라 불러 리네스 Barbara Buhler Lynes, **『조지아 오키프와 그녀의 집**Georgia O'Keeffe and Her Houses』

조지아 오키프의 그림만큼이나 그녀의 아틀리에도 아름답다. 집이 사는 사람의 정신과 닮아 있다거나 삶을 담는 그릇이라는 말이 우리 모두에게 해당되지는 않지만 그녀에게만은 딱 들어맞는다. 공간과 삶과 작품이 일치하는 사람이 진정한 예술가라고 나는 생각한다.

자유주의자이기에 뉴욕을 떠날 수밖에 없었던 조지아 오키프는 신성하고 영적인 기운으로 충만한 뉴멕시코에 정착하여 죽을 때까지 그곳에서 그림을 그리며 살았다. 타오스, 아비퀴우, 산타페 같은 아름다운 이름의 도시에서.

우리는 어떤 도시에 툭 떨어진다. 내가 원해서 찾아온 도시가 아니라 어쩌다 보니 밀려오게 된 도시. 그러나 인생의 절반 이후에는 나머지 인생을 어느 도시, 어떤 장소에서 살아갈지 나 스스로 결정할 수 있어야 하지 않을까? 조지아 오키프가 뉴멕시코에서 평생을 보내기로 결심했을 때,

나는 그 어느 곳에도 정주하지 않으리라고 결심했다. 정주를 거부한 나는 여기저기 떠돌 것이고 어느 순간에는 그녀, 오키프가 사랑했던 붉은 흙의 땅, 뉴멕시코의 아도비 양식으로 지은 흙집에도 머물게 되리라.

롤랑 바르트, 「사랑의 단상」

철학자들의 책은 달보다 더 멀리 있고, 사랑이란 단어는 그보다 더 멀리 있었다. 나는 사랑이라는 단어와 멀어지려고 애썼다. 나는 그 단어에 무감해하고 무심해하며 투명한 셀로판지처럼 통과하려 했었

다. 어쩌다 '연애소설을 읽는 모임'에 끼어들었다가 사랑의 수많은 얼굴과 마주하게 되기 전까지는. 롤랑 바르트의 『사랑의 단상』은 모임 초기에 함께 읽은 책이다. 나는 이 책에 푹 빠졌다. 사랑의 속성, 사랑의 법칙, 우주적 사랑의 공통된 이야기들이 얇고 빽빽한 단어들 속에서 살아 있다. 그리고 사랑의 무법칙성과 무균일성에 대해서도. 바르트는 이 책을 쓸 때 사랑에 빠져 있었을까? 어떤 운명이 이런 책을 쓰게 만들까? 내가 사랑에 대한 글을 쓴다면 또 어떤 운명과 마주하게 될까? 이제 나는 가끔 '사랑'이라는 단어를 가지고 논다. 깨물고 핥고 바라보고 으르렁거리고 뒤집어보고 속삭여도 보고 웃어도 보고 울어도 본다.

허수경, 『빌어먹을, 차가운 심장』

진주에서 뮌스터로 가서 고고학자가 된 시인이 있다. 에세이 『길모퉁이의 중국식당』으로 허수경 시인을 처음 알았다. 프랑스로 유학을 갈 때 짐가방 안에 들어 있었던 이 책을, 리옹의 길을 걷다가 모퉁이 중국식당을 한국식당으로 착각할 정도로 향수병에 시달릴 때마다 펼쳐서 읽고 또 읽었다. 저릿저릿하게 고독한데도, 그렇게 삶을 견디는 누군가가 프랑스 바로 옆 나라 독일에 있다고 생각하니 나는 괜찮아졌다. (내가 살던 리옹과 시인이 있는

뮌스터는 850킬로미터나 떨어져 있지만.) 그때 시인은 마흔이었고 나는 서른이었다. 지금은 내가 마흔이 넘었는데, 시인은 어찌 되었을까. 시인의 시집이 몇 해 전 출간되었다. 새빨간 표지를 하고 있기에 더 가슴이 시렸다. 그래서 '차가운 심장'인가. 시집에 실린 시들을 꼭꼭 씹어서 읽는다. 그러고 나면 이유를 모르겠지만 살아야겠다는 생각이 든다.

3부

모두의
서재

작업실은 달콤쌉싸름한
작당을 펼쳐야 옳다.
개인 집필실이 모두의
서재가 되는 순간,
작업실은 꽤 재밌어진다.

맞은편에 산다는 건
이웃이라는 뜻이야

늬에게.

작업실에서 멀지 않은 곳에 조그맣게 문을 열었던 찻집의 이름이었다. 작업실을 오갈 때나 잠깐 산책할 때면 '늬에게'를 지나치지 않을 수 없었다. 열린 노란 나무문 틈으로 은근한 그늘에 휩싸인 실내가 살짝 보였다. 창문도 문도 활짝 열어두지 않아서인지, 실내는 주황과 노랑이 뒤섞인 따뜻한 그늘에 물들어 있었다.

옛날 단독주택 대문에 붙어 있음직한 사자 장식의 문고리가 특이했다. 노란 나무문도 어렸을 적 살았던 집을 닮았다. 그 집이 자꾸 나를 불렀다. 나는 선뜻 들어가지 못하고 멀찍이서 맴돌았다. 저 안에 무엇이 있을까? 사자 장식의 문고리를 채 밀어보기도

전에 찻집은 문을 닫았다. 문을 좀 더 활짝 열어두었더라면, 주인이 얼굴을 내밀고 지나가는 사람들과 인사라도 나누었다면, 슬그머니 들어서서 그거 주세요, 하고 말할 수 있었을까? 예쁜 간판이 사라진 빈집엔 사자 장식의 문고리만 남아서 녹이 슬었다.

골목 안 단독주택들이 여럿 허물어지고 새로운 건물이 들어섰다. 주말엔 외지인들이 훨씬 더 많다. 기이하게도 '늬에게'가 있던 주택은 여태 빈 채로 남아 있다. 길모퉁이 목 좋은 자리에 있어 눈독 들이는 사람들이 많을 텐데, 무슨 이유에선지 지붕이 내려앉을까 아슬아슬할 지경이 되도록 그대로다. 사자머리 장식을 볼 때면 한 번도 만나지 못했던 '늬에게'의 주인이 생각난다. 이토록 시적인 단어를 쓰는 주인이라면 분명 다른 곳에서 가게문을 열었을 것이다. 우연히 그 장소를 만나게 되면 꼭 들어가서 인사라도 나눠야지. 그때 연남동에 사셨죠? 저도 그래요, 하고.

나와 닮아 보여서 선뜻 다가가기 어려운 사람이 있다. 눈빛에서 나와 닮은 생각을 읽게 되는 그런 사람. 낯설지만 묘한 친밀감이 느껴지는 사람. 어쩐지 침범하고 싶지 않고 방해받고 싶지 않은 그런 감정이 들 때는 멀찍이 서서 바라볼 수밖에 없다. 나도 그래요, 하는 말을 혀끝에 머금고서. 연남동 주택가의 이웃들은 그런 닮음이 있다. 우리는 서로의 공간을 넌지시 이해하고 조심스럽게 바라보는 사이다. 이 골목에는 동네반장이 없다. 이 골목에는 끼리끼리도 없다. 떠들썩하게 친분을 과시하지 않지만 느슨한 관계의 끈은 결코 가볍지 않다. 관계란 시간이 말해주는 것이기 때문이다. 젠트리피케이션*이 연남동에도 서서히 고개 들고 있지만 이 골목만큼은 제법 오랫동안 움직이지 않는 이웃들이 있다.

이웃의 범위는 어디까지일까? '늬에게' 그리고 '안녕연구소'. 한번도 문을 열고 그 안에 들어가 본 적 없고 주인과 인사를 나눠 본 적 없지만, 나는 이들이 내 이웃이라고 생각한다. 역시 한번도 사장님을 본 적 없지만 흰색, 빨간색, 파란색 줄이 뱅글뱅글 돌아가는 옛날식 이발소도 내 이웃이다. (아마도 연세 지긋하신 어르신이 옛날 방식으로 면도기와 바리캉을 들고 있지 않을까?) 향초와 비누를 만들고 판매하는 공방 '비뉴', 조그마한 가게에서 시작해서 어느새 가게를 세 군데나 운영하는 스케이트보드 가게 사장님 커플도 이웃이다. 맞은편 스케이트보드 가게와는 서로의 택배를 받아주는 사이다. 그들의 가게와 내 작업실이 문을 열고 닫

◆ gentrification, 낙후된 구도심 지역에 젊은이들이 들어와 활발한 커뮤니티와 상권을 만들어놓으면 어느새 임대료와 지가가 올라버리는 현상. 동네를 활성화한 공로자들은 임대료를 감당하지 못해 떠나고 뒤이어 프랜차이즈나 거대자본이 들어오는 일이 무슨 법칙이라도 되는 양 반복된다.

는 시간이 비슷해서 서로의 물건을 대신 받아주다 보니 아예 믿고 맡기는 사이가 되었다. 택배를 받아준다는 건 우리가 이웃이라는 강력한 증거다.

한 분은 한 블록 위로 이사를 갔고 한 분은 어디로 가셨는지 알 수 없으나 작업실 옆과 맞은편에서 조그만 철물점을 하셨던 두 아저씨들도 마주치면 반가운 이웃이다. 매일 아침 골목길을 청소하는 집주인 어르신 내외도 분명 이웃이다. 은공예 공방을 하는 고은경 선생도 나의 이웃임에 틀림없다. 해외 아트 페어 위주로 활동하는 고 선생의 공방은 때때로 환히 밝혀진 조명으로 무탈함을 알리곤 한다. 밤늦게 작업실 문을 잠그고 돌아 나올 때 고 선생 공방에서 불이 환히 켜져 있는 것을 보면 피로감이 상쇄된다. 그 불빛을 바라보며 나는 조그맣게 외친다. 우리 둘 다 열심히 살고 있군요! 고 선생은 공방을 열 때 인사를 나눈 후로 몇 년에 한번씩, "아직도 계시는 군요. 하핫" 하고 수줍은 얼굴로 서로의 생사를 확인하곤 한다.

가장 중요한 이웃이라면 바로 옆집에 사는 사람이 아닐까? 지난 7년 동안 내 작업실 옆 공간은 세 명의 이웃이 찾아들었다. 첫 이웃은 한여름 밤에 펼쳐진 한바탕 소동극의 주인공이었다.

"음악 하는 예술가래요."

집주인 아주머니는 기대에 찬 얼굴로 이야기했다.

"예술가아······."

J와 나는 말꼬리를 길게 늘이며 호기심 어린 시선을 던졌다. 가무잡잡한 피부에 마르고 키가 큰 그를 우리는 아기공룡 둘리에 나오는 '마이콜'이라고 불렀다.

마이콜은 처음 인사를 나눈 이후로 한참을 기척도 없이 살았다. 스크린이 내려진 작업실 안에서 하루 종일 있는 것 같기도 하고 거의 외출 중인 것 같기도 했다. 우리 작업실과 벽이 바로 붙어 있는 그 방에서는 음악 소리라고는 전혀 들리지 않았다. 불빛이 새어나오듯 벽으로 전달되는 게 음악이 아닌가? 그런데도 전혀, 전혀.

여름이 시작되자 기이한 일이 벌어졌다. 작업실 안에 있던 의자와 작은 책상들이 밖으로 모두 꺼내져 보도블록을 완전히 점거했다. 그 다음날은 주차표시된 도로에 소파가 내려와 앉았다. 무슨 일이 벌어질는지 알 수 없는 며칠이 지난 후, 마이콜은 느릿느릿 걸어 나와서는 소파 주변으로 천막을 세우고 앰프를 꺼냈다. 그리고선 의자에 앉아 기타를 뚱땅거리기 시작했다. 앰프에서 증폭된 음악은 당연히 길거리로 이웃집으로 퍼져나갔다. 오후가 되자 친구들까지 합세했다.

"음악 하는 사람 맞나 봐."

"어쩌겠어. 저 흥을…… 저러다 말겠지."

"썩 잘하는 거 같지는 않은데……."

J와 나의 안절부절이 시작되었다. "젊은이들 많은 동네니까, 이런 모습도 이해해야지. 홍대 문화가 있잖아"라며 넘어가려 하다가도, "그래도 여긴 완전 주택가인데 이러면 좀 곤란하지!" 하고 슬슬 부아가 치밀어 올랐다. 아마추어 음악회는 날이면 날마다 계속되었다. 어느 날은 앰프의 볼륨을 크게 올리고서 온종일 전자기타를 울렸다. 재밌다고 지켜보던 사람들도 눈을 찌푸리고 귀를 막았다. J가 더 이상 못 참겠다며 분연히 일어섰다.

"우리 이사 가자!"

앰프 좀 꺼달라고 여러 차례 요청했지만 그들을 막을 수가 없었다. 화도 났다가, 세상 모르는 천진함에 또 어이없어 하다가 우리도 어찌할 바를 모르고 동동거렸다. 결국 어느 저녁에 한바탕 난리가 났다. 한 달 내내 소음을 견뎌낸 동네 주민들이 주인 어르신에게 항의했고 주인이 나서서 중재를 하려다 언성이 높아진 것이다. 덩달아 우리도 견디기 힘들어졌다. 우린 계획된 여름휴가를 떠나는 걸로 그 자리를 빠져나왔다. 뒷일이 어떻게 되었는지 알지 못한 채로 작업실에 복귀했더니 주인 아주머니가 찾아와 마이콜이 떠나기로 했다는 소식을 전해주었다.

이상하게도 홀가분함보다는 알 수 없는 착잡한 마음이 들었다. 좋은 이웃으로 오래 있을 수도 있었을 텐데……. 아쉬운 마음에 창밖을 보니, 누군가가 신나게 자전거를 타고 달려와 내 앞에서 멈췄다. 마이콜이었다. 그는 내게 반갑다고 인사를 했고 싱글벙글 기분 좋은 얼굴로 짐을 꾸렸다.

그가 완전히 떠났다는 걸 알게 된 건, 다른 이웃이 들어와 공사를 시작했기 때문이었다. 마이콜은 바로 옆 동네인 연희동에 다시금 터를 잡았다. 고향 부모님의 사업을 이어받아 가게를 열었다고 한다. 몇 년 후 우연히 연희동 골목을 지나가다 문전성시를 이루는 가게에서 마이콜을 발견하고 흠칫 놀랐다.

새로운 이웃은 오랫동안 공사를 했다. 하루가 지나면 어두컴컴한 벽이 하얗게 칠해지고, 또 하루가 지나면 빈 공간에 가구가 하나씩 들어왔다. 우리는 새로운 공간이 조금씩 완성되어 가는 모습을 곁눈으로 엿보며 새 주인이 오기를 기다렸다. 오랫동안 빈집으로 남아 있던 그 옆의 주택도 공사를 시작했다. 젊고 야무진 얼굴을 한 사람들이 자주 눈에 띈다. 직업은 못 속이는지 내 눈에는 그들이 주택 리노베이션을 담당한 건축가들 같았다. 그해 겨울부터 동네 여기저기에서 공사가 시작되었다. 연남동의 세대교체가 시작된 것이다. 새 이웃이 늘어날 거란 생각을 하니 좋기도 하고 쓸쓸하기도 했다.

옆 작업실은 홍보기획을 하는 회사의 사무실이 되었는데, 그들도 외부 일이 많은지 자주 사무실을 비웠다. 스크린이 절반쯤 내려진 창쪽 장식장에는 선물로 들어온 게 거의 확실한 소품과 화분들이 조르르 진열되어 있었다.

'여긴 화분이 잘 안돼요. 빨리 죽을 거예요. 그러니 너무 속상해하지 마요.'

나는 그렇게 말해주고 싶었지만, 그들에게 말을 건넬 기회를 찾지 못한 채 시간이 흘렀다. 한 달 한 달 지나면서 화분의 숫자가 줄어들었다. 얼굴을 열 번도 채 보지 못한 새 이웃은 1년 만에 사무실을 옮긴다며 공간을 비웠다. 사람이 드나드는 건 마음에 갈피를 남기는 일인 것 같다. 누군가 떠나고 덩그렇게 남은 빈집을 볼 때마다 나는 추웠다.

오래지 않아 다시 새로운 이웃이 이사를 왔다. 작은 체구의 단아한 여자 분이 공방을 연다고 했다. 크게 공사를 하는 것 같지는 않았지만 분위기가 사뭇 달라진 공간으로 물건들이 차곡차곡 들어왔다. 화사한 봄 같았다. 며칠 후 은은한 불빛이 공간을 밝혔다. 예쁘게 수놓인 가방이 쇼윈도에 놓였다. 공방의 이름은 '스토리백'. 블로거 사이에 유명한 홍창미 선생의 공방이었다.

옷과 가방을 만드는 소규모 강좌가 열릴 때면 탐나는 취향을 가진 여인들이 자주 드나들었다. 공방 이름처럼 이야기가 있는

가방으로 전시회도 열었다. 홍창미 선생은 작업실 생활이 너무 만족스럽다며 활짝 웃었다. 이제야 비로소 아름다운 이웃과 평화로운 공존이 이루어지게 되었다.

이 길이 전혀 교류가 없는 것은 아니다. 한 블록 넘어가면 나오는 동진시장 골목길은 연남동을 젊음의 장소로 유행시킨 곳이다. 맛집들이 밀집되어 있고 날마다, 밤마다 화려하게 차려입은 사람들로 떠들썩하다. 봄과 가을에는 일상창작센터 '새끼'에서 주관하는 '따뜻한 남쪽'이라는 플리마켓이 열려 동네 사람들과 공방 작업자들이 함께 행사를 치른 적도 있고 카페와 주점이 연합전시를 열거나 공동의 행사를 열기도 한다.

내 작업실이나 홍창미 선생의 공방처럼 외부 사람들이 특별한 목적을 갖고 찾아오는 공간도 있다. 그림책을 출판하는 앳눈북스의 미진 씨처럼 작은 출판사를 운영하는 사람들도, 빵과 잼을 파는 소규모 요리 공방을 연 사람들도 골목길에 존재한다. 작지만 확실한 세계를 가진 이웃들이 늘어나고 있다.

가장 멋진 이웃들은 자신이 속한 장소에서 무리 없이 자신의 일을 아름답게 해나가는 사람들이다. 계속 그 자리에서 서로의 이웃으로 남아주면서. 이웃 공방인 '비뷰'의 주인장 혜정 씨는 연남동 골목에 대해 이런 이야기를 한 적이 있다.

"반드시 무엇을 함께하지 않아도 되어요. 그냥 같은 골목에 있다는 것만으로 힘이 되니까요."

우린 그렇게 혼자 빛나는 별이지만 서로에게 적지 않은 영향을 주고받는다. 작지만 도움이 되는 사이로서.

나는 요즘 근처에 새로 문을 연 앤티크 가게 앞에 자주 멈춰 선다. 창가에 놓인 찻잔을 보느라 시간가는 줄 모른다. 수십 년에서 백 년에 이른 찻잔이 생채기 하나 없이 예쁘다. 오랫동안 그 찻잔을 바라볼 수 있도록 이 가게가 계속 자리를 지켜주었으면 좋겠다.

밤의

작업실

옛 선비들은 자신이 사는 곳과 떨어진 한적한 공간에 고졸한 사랑채를 짓고 '별서'라고 했다. 방과 마루, 부엌을 갖춘 어엿한 집을 짓기도 하고 볕과 비만 가리는 정자일 때도 있지만, 일반적으로 단출한 방과 넓은 마루가 함께 있으며 좋은 경치를 바라볼 수 있는 자리에 들어섰다. 대문과 담을 두르지 않아 주변 자연에 파묻혀 은일할 수 있는 집이다.

주변엔 물길이 세차게 흘러 폭포처럼 떨어지기도 하고 꽃나무가 지천에 피어 우거진 산세에 고상한 맛을 더하기도 했다. 선비들은 홀로 혹은 여럿이 모여 시문를 짓고 읊거나 나무를 심고 가꿨다. 소나무, 대나무, 오동나무, 배롱나무, 연꽃, 느티나무, 살구

나무, 석류나무, 복숭아나무가 별서정원에 심어졌다.

잘 알려진 별서로는 담양의 소쇄원과 안동 하회마을의 양진당이 있다. 서울의 석파정도 대원군의 별서라고 알려져 있다. 쓰고보니 별서란 특별한 계층의 전유물이거나 대단히 아름답고 거창한 장소인 것도 같은데, 작고 소박한 별서들이 더욱 많았음이야말할 것도 없다.

별서는 살림집에서 걸어서 오갈 정도의 거리에 있는 작은 은신처다. 별서와 살림집 사이에는 어느 정도의 거리가 필요하다. 밥 냄새, 장 냄새와 거리를 두고 오롯이 책과 자연에 몰입해야 하기 때문이다. 그곳에선 시문을 짓고 읊는 아회를 여는가 하면 이래저래 매인 몸으로 가지 못하는 먼 여행길을 떠올리며 방 안이나 마루에, 어떤 때는 주변 너럭바위에 누워 '와유'하기도 한다. 와유臥遊, 누워서 유람하다니 이 얼마나 현명한 여행인가. 절경을 그린 그림을 벽에 걸어두고 바라보면서 누운 채 유람하는 자들의 얼굴에 흐르는 희미한 미소! 누군가의 유람기를 읊으면 자신도 그 여행 속으로 훌쩍 빨려 들어가버리는 경험 또한 와유의 즐거움이다.

살림집과 떨어져 일하고 공상하는 내 작업실도 별서와 닮았다. 별서의 특징이라는 아름다운 정원이나 꽃나무는 없지만 계절에 따라 바뀌는 풍경을 바라볼 커다란 창이 있으니 얼추 비슷하다. 선비들이 모여 시문을 짓고 술과 차를 마시는 아회를 열듯이 가끔은 이 작은 공간에서도 조촐한 모임이 열린다. 작업실 생활이 길어지면서 혼자 놀고 글 쓰는 고독감은 충분히 즐기게 되었지만, 밤하늘의 별처럼 반짝이는 사람들을 한자리에 모으고 싶을 때는 밤의 작업실을 잠시 열어둔다.

똑똑.

별서의 첫 번째 손님이 당도했다. 까만 뿔테 안경을 쓴 커트머리 여인이 문을 밀고 들어온다. 헬렌이다. 그녀는 항상 살며시 웃음을 지으며 조용히 등장했다. 늘 그 자리에 있는 작업실 서가처럼 헬렌은 오랫동안 이곳에 머물렀다. 작업실이 문을 연 첫해부터 사소한 일이건 특별한 일이건 가리지 않고 함께해준 까닭에 그녀와 내가 언제부터 알고 지냈는지 종종 잊어버린다.

헬렌과는 책을 통해서 인연을 맺었다. 그녀가 작업실에 찾아온 날이 지금도 또렷이 기억난다. 오랫동안 지켜본 후에야 친구의 자리를 열어두는 나와 달리, 헬렌은 누구와도 스스럼없이 즐겁게 대화를 나누고 친구가 된다. 이 산뜻하고 담백한 사람은 만나자마자 다음에도 만나자며 약속을 했고, 약속한 날짜에 다시 나타났다. 헤어질 땐 다음 만날 약속을 했고 그 날짜에 또다시 나타났다. 매번 다른 친구들과 함께.

헬렌의 삶은 책과 영화, 그리고 친구들로 점철되었다. 그녀처럼 다양한 분야에 걸쳐 친구를 둔 사람은 보지 못했다. 그 친구들은 모두 책과 영화, 공부로 얽힌 사이였고 20대부터 60대까지 다양했다. '공부'라는 단어가 나왔으니 말인데, 헬렌이야말로 공부의 여왕이었다. 무엇이건 배워서 흡수했다. 헬렌은 낮 동안 도서관 사서로 있으면서 수많은 책들을 쓰다듬었고, 밤에는 번역가로 낯선 언어로 된 책을 어루만졌다. 낮과 밤 사이에는 친구들을 만나 책과 영화와 사람 이야기를 나눴다.

책을 사랑해서 사서가 된 그녀이건만 몇 년 후면 정년을 맞이한다. 도서관에서 나온 후에도 책과 가까운 곳에서 자유롭게 일하는 것이 그녀의 바람이다. 헬렌의 주변에는 작은 서점의 주인이 될 꿈을 꾸는 조용하고 소박한 친구들이 여럿 있었으므로 그녀의 바람은 분명 이루어질 것이다. 그녀의 친구들은 서서히 나와도 친구가 되었고 모두의 친구로 경계가 흐려졌다.

공간은 신기한 힘을 발휘했다. 작고 그늘진 작업실을 조용히 찾아오는 사람들이 하나둘 생겨났다. 어떤 이는 지금껏 안부를 묻는 친구로, 어떤 이는 슬픈 일과 기쁜 일을 함께하는 친구가 되었고, 어떤 이는 특별한 행사가 열릴 때마다 멀리서도 찾아와주는 사이가 되었다. 작업실에 찾아드는 사람들은 비슷한 데가 있었다. 취향과 개성은 뚜렷하지만 다른 이의 생각에도 조용히 귀

를 기울일 줄 알고, 새로운 것을 배우는 데 주저하지 않는 호기심도 있었다. 그들과 나는 함께 재미난 일을 해보자고 서로의 귀에 속삭였다.

작업실을 찾아오는 사람들을 나는 '친구들'이라고 부르곤 한다. '친구'란 서로 속속들이 알며 일상을 나누는 사람에게만 쓰는 이름은 아니다. 멀리서라도 관심을 가져주고 가끔 보더라도 반가울 수 있는 사이, 삶에 대해 비슷한 생각을 갖고 지지해주는 사이, 서로 어울려서 무언가를 할 수 있는 사이, 설령 하려던 일이 좌절되거나 서로 마음이 맞지 않더라도 실망하지 않으며 비뚤어지지 않는 사이를 부르는 이름이다.

작업실 친구들은 차를 마시고 책을 읽고 이야기하고 경험을 나누고 함께 배우는 사람들이다. 그럴 때면 작업실은 개인 집필실이 아니라 우리 모두의 서재나 살롱 같은 공간이 된다.

누구나 만남의 장소가 있다. 대부분은 집과 직장(혹은 학교)에서, 그리고 그 사이를 오가며 많은 시간을 보내지만, 잠깐씩 들르는 작은 공간들, 예를 들면 카페나 서점, 피트니스센터, 쇼핑몰 같은 곳에서 자유로운 호흡과 참된 휴식을 느끼게 된다. 여기서 누군가는 명상을, 누군가는 환상을, 누군가는 새로운 일을, 누군가는 새로운 세계를 만난다. 공간을 연구하는 사람들은 집과 일터 두 거대한 일상을 매개하는 이 장소를 '제3의 공간'이라 부른다. 이 매개 공간에서 창조의 에너지가 생긴다는 것이다. 어떤 일들이 벌어질지 규정할 수 없으므로 흥미진진한 잠재성을 가진다.

장소는 하나의 의미만을 갖지 않는다. 낮 동안의 작업실은 내게 일터지만 밤의 작업실은 매개 공간으로 바뀐다. 밤이 내리면 어둠이라는 장막을 친 작업실은 낮과는 다른 표정을 드러낸다. 낮에서 감지하지 못했던 일렁거림이 있다. 밤의 작업실은 친구들과 음풍농월을 해도, 허세를 부리거나 과장된 칭찬이나 농담도 허용되는 자유로움이 있다. 이때 작업실은 진정한 별서가 된다.

달콤한 언니들의
화수목한 공동체

모든 것은 한 잔의 차에서 시작되었다.

첫 일과를 시작하는 오전 열한 시와 나른해지는 오후 세 시, 작업실에는 어김없이 찻물이 끓는다. 바르르, 전기포트에서 물 끓는 소리를 들으며 오늘의 차를 골라본다. 말린 꽃잎이 송송 들어 있는 새카만 찻잎이 좋을까? 노릇한 찻잎이 섞인 카라멜처럼 윤기 나는 찻잎? 납작한 초록색의 찻잎도 마시기 좋을 때다. 날씨나 기분에 따라 특별한 느낌을 주는 것이 있다. 딱 지금의 공기에 어울리는 찻잎에서 멈춘다.

틴케이스의 뚜껑을 열고 크게 숨을 들이키면 찻잎에 맺힌 향들이 살포시 떠오른다. 찻주전자와 찻잔을 꺼내 뜨거운 물을 슬

슬 두르며 따뜻하게 만드는 것으로 섬세한 의식을 시작한다. 찻잎을 넣고 뜨거운 물을 붓고 잠시 기다린다. 자리를 떠서는 안 된다. 열이면 열, 찻잎을 꺼낼 시간을 놓쳐버리니까. 빛깔이 예쁘게 우러난 찻물을 마시려면 자리를 지켜야 한다. 기다림 후에는 고요한 찻물의 의식.

한 잔의 차란 이토록 쉽게 주어지지만 찻잎은 실은 길고 오래된 여행을 하는 중이다. 우선, 찻잎이 겪어온 이야기가 길고 진하다. 차의 효능을 발견했다는 먼먼 전설 속 신농씨나 절대왕정의 무역쟁탈전과 아편전쟁 같은 굵직한 세계사의 장면을 들지 않더라도, 애프터눈 티타임을 시작했다는 베드포드 공작부인이나 한 잎 한 잎을 손으로 따서 비비고 말리고 뜨거운 철판 위에서 구워내는 유서 깊은 제다 과정을 이야기하지 않더라도, 중국으로부터 찻잎을 빼돌리기 위해 영국이 식물학자를 스파이처럼 들여보낸 일을 설령 모른다고 하더라도, 중국의 기암절벽이 어우러진 고원과 히말라야와 가까운 인도의 안개낀 고원 지대, 섬나라 스리랑카, 서늘하고 맑은 일본의 너른 들판에서 자란 찻잎이 이토록 어여쁜 상태로 내 작업실의 작은 테이블에 도착한 것은 눈부시게 경이로운 일이다. 나는 차를 마시면서 찻물의 마지막 여행에 동참한다.

이 차를 누군가와 함께 마시고 싶을 때가 있다. 차 한잔이 얼마나 큰 기쁨을 주는지를 토닥거리며 공감하고 어떤 찻자리를 좋아하는지 수다도 나누고 싶다. 차가 궁금한 사람, 찻자리의 온기가 필요한 사람들과 '차 모임'을 해볼까? 꼬깃꼬깃한 메모를 들추듯 머릿속을 뒤적여보니 작업실 구상할 때 작성했던 '작업실에서 하고 싶은 일' 리스트에서 어렵지 않게 차 모임 항목을 발견할 수 있었다. 그때의 구상대로 '달콤한 목요일'이란 이름으로 한 달에 한 번, 티테이블을 차릴 계획을 세워보았다.

블로그에 공지를 올렸더니 참가하고 싶다는 덧글이 금방 달렸다. 참가 희망자들에게 은밀한 임무를 주듯 작업실 약도를 알려주고 나니 기대 반 근심 반이었다. 아, 저질러버렸다! 첫 모임이 열리던 밤, 두근거리는 마음으로 소박한 티테이블을 꾸몄다. 큰맘 먹고 사둔 찻잔들부터 꺼냈다. 그리고 오늘 마시게 될 차들을 순서대로 리스트를 만들었다. 가볍고 기분 좋은 웰컴티, 가벼운 홍차에서 진한 홍차, 마무리로 깔끔한 허브차까지 네다섯 종류의 차를 순서대로 맛볼 예정이었다.

모임에 참석하는 사람들의 이름이 적힌 초대장을 자리마다 놓아두고, 냅킨과 티타임용 리넨, 스콘과 비스킷을 따로 담아낼 작은 접시까지 준비하고 보니 작지 않은 테이블이 가득찼다. 이 밤에 이 작은 공간에 찾아오는 사람들은 과연 누굴까? 곧이어 어둠 속에서 한 사람씩 호기심 어린 눈빛으로 수줍게 작업실의 문을

두드렸다. 작은 소란처럼, 밤의 작업실에서 티테이블 토크가 시작되었다.

우리는 세 번째 목요일 저녁에 만났다. 셋째 주 목요일은 바빠 달려가는 한 달 중 숨고르기 좋은 날이다. '목요일'에 대한 환상도 조금은 있었다. 어렸을 적 책에서 읽었던 "목요일의 아이는 길을 떠나고……"라는 글귀가 오랫동안 나를 사로잡았기 때문이었다. 그러니까 목요일은 새로운 떠남을 기약하며 안도하게 되는 날이다. 떠나고 싶은 그 밤에 나는 작업실의 문을 활짝 열었다.

처음 몇 번은 서투르고 수줍어서 어쩔 줄 몰랐다. 공통분모가 없는 사람들끼리 모였으니 이야기는 자주 엉켰고, 준비한 다과가 남거나 모자라면 또 어쩔 줄 몰랐다. 그래도 차는 차였다. 모난 귀퉁이를 쓰다듬어주고 침묵도 부드럽게 감싸주었다. 한 번의 만남으로 끝난 인연도 있었지만, 어떤 일이 생기더라도 이 자리만큼은 꼭 참석하겠다는 사람들도 생겼다. 작업실 친구들과의 인연도 차 모임으로 지속될 수 있었다. 우리는 홍차를 맛보며 삶을 조금씩 더듬었다.

해를 거듭할수록 테이블보에는 주황색 찻물 자국이 늘어만 가고, 깨트린 찻잔과 찻주전자도 여럿이다. 그 시간만큼 함께 마셨던 사람들의 기억으로 채워졌다고 생각하니 사라진 찻잔들이 그리 속상하지 않다. 마른 찻잎을 듬뿍 덜어서 향을 맡을 때 동시에 느꼈던 기대감과 찻잔에 또로록 떨어지는 주홍빛 찻물을 보자마자 숨겨둔 이야기를 쏟아낼 수밖에 없었던 그 마음들. 차를 마시면 왜 이야기가 하고 싶어지는 걸까? 그래서 찻물에 치유의 의미를 부여했던 것일까? 그러므로 많은 작가들이 차를 마시며 이야기를 찾아내려고 애썼던 것일까?

차 모임은 공부 모임으로 바뀌었다가 소설 읽는 모임으로 이어져오고 있다. 이야기에 집중하다 보면 차를 음미하는 일은 저만치 멀어지기도 하지만, 따뜻한 찻물만큼은 빼놓고 싶지 않아서 지금껏 보기 좋은 찻주전자도 사들이고 향기 좋은 잎차를 준비한다. 문학과 예술은 표면적인 것일 뿐, 우리의 이야기는 대부분 자신의 내면에 대한 것이다. 좋아하는 것, 원하는 것, 감각하는 것, 분노하는 것……. 감정이나 의견을 거울처럼 드러내는 건 쉽지 않지만, 그 머뭇거림을 뛰어넘어 공감할 수 있었던 건 티테이블이 있었기 때문이라고 나는 생각한다. 그 이야기는 끝없이 길어도 무방하다. 차는 기다릴 줄 아는 존재니까.

차 모임을 열다섯 번 정도 진행하고 잠시 쉬고 있을 때였다. 사람들을 만나면 항상 차 모임을 계속하자는 이야기가 흘러나왔다. 그렇다면 이 멤버들과 '달콤한 작당'을 해볼 수도 있지 않을까? 이를테면……

"우리 같이 공부하지 않을래요?"

"공부요?"

"뭘 배울까요?"

"지금 당장 써먹지 못하더라도 천천히 배워두면 나쁠 것 없는 그런 공부."

"그렇다면 외국어?"

"그래, 일본어 어때요?"

"우릴 가르쳐줄 사람이 누가 있을까?"

그 자리에 있던 미키가 회사 내 재일교포인 미나를 추천했고 곧바로 일본어를 공부하는 작은 모임이 결성되었다. 주변을 수소문해서 함께할 사람을 모았다. 이 모임을 '대충대충 5개국어 프로젝트'라고 이름 붙였다. 어디를 여행하든 맛있는 음식만큼은 제대로 주문하고 길도 제대로 찾아가자는 귀여운 목표가 생겼다. 후다닥 결성된 모임 덕분에 화요일이나 수요일, 혹은 목요일 밤, 작업실 문은 다시 열렸다.

우아하게 차를 마시며 외국어로 대화하는 건 언감생심. 왕초보들에게 이런 여유로움은 가당치 않았다. 힘든 발음과 긴 가민가한 단어, 아무리 고민해도 꼬이는 문법, 말도 안 되는 작문…… 수업은 폭소로 시작해서 눈물로 끝났다. 외국어를 배우는 게 이렇게 웃기는 일이었나? 그렇게 눈물이 찔끔 나도록 웃고 떠들다 보면 일본어가 혀에 감겨들었다.

"이런 모임이 얼마나 소중한지 아는 사람만 알지! 하루가 그렇게 바쁘게 지나가는데도 단어시험 보려면 한 시간이라도 책을 들여다보며 공부하게 되잖아. 또 웃고 떠들면서 같이 하다 보면 일주일간의 스트레스가 확 풀린다니까."

헬렌의 이야기처럼 외국어를 배우는 일은 특별한 의미를 주었다. 우리는 시를 쓰고 작문을 하고 책을 함께 읽으며 일본어의 울타리에 있었다. 2년여의 시간은 지루한 줄도 모르고 흘렀다. 미나 센세가 회사를 그만두고 미국으로 어학연수를 떠나자 우리를 즐겁게 해주던 일본어가 점점 낯설어졌다. 잠시 소강 상태에 이른 언니들의 모임은 중국어로 향했다. 이번엔 누구한테 배우지?

"똑똑!"

스물네 살 소담 양이 문을 열고 들어왔다. 소담 양과는 구면이었다. 4년 전, 대학신입생 시절에 작업실을 찾아온 적이 있었다. 학교 방송국에서 활동하는 소담 양은 홍차를 주제로 프로그램을 만들고 있다며 조심스럽게 인터뷰를 요청했었다. 그때 그 신입생은 벌써 대학 졸업반이 되었고 중국에서 생활하다가 돌아와 아이들에게 중국어를 가르치는 일도 하고 있었다.

소담 양의 중국어는 통통 튀면서도 맑고 발랄해서 들으면 저절로 흐뭇한 미소가 지어졌다.

"당장 이 언어를 배워야겠어!"

헬렌과 나는 두 손을 맞잡고 환호했다. 이번엔 중국어! 소담 양과의 만남으로 '대충대충 5개국어 프로젝트'는 다시 움직이기 시작했다. 매주 화요일, 수요일, 혹은 목요일엔 또다시 박장대소와 야단법석이 벌어졌다.

마-마아-마!-마앗?

쉬, 쉬, 셔.

성조와 발음이 어쩌나 어렵던지, 숨을 내쉴 때와 들이쉴 때를 못 찾아 호흡곤란이 일어날 지경이었다. 제대로 말하고 읽을 수나 있을까? 그래도, 무언가를 함께 배운다는 건 그 모든 것을 넘어서는 이유가 되었다. 내 시간과 공간을 기꺼이 내놓을 수 있는 진지하고 뜨거운 것이었다.

중국어 수업 덕분에 20대 초반의 소담 양부터 50대 중반인 헬렌까지 작업실에 드나드는 사람들의 연령대가 점점 넓어졌다. 스물넷 소담 양으로부터 요즘 대학 도서관 분위기를 전해 듣는다. 서른 살 미키로부터 잘 풀리지 않는 연애 이야기를 듣고, 쉰다섯 헬렌으로부터 근사한 문학가들의 이야기들을 듣는다. 마흔 살 문꾼(그는 우리 모임 유일의 남자였다)으로부터 음악에 대한 이야기를 듣고 마흔두 살 손짱으로부터 술과 음식에 대한 이야기를 듣는다. 스물아홉 보롱으로부터 회사에서 새로 시작한 프로젝트 이야기를 듣는다.

작업실에서 우리는 똑같은 무게의 고민을 가진, 똑같은 무게로 지구의 중력을 느끼는 존재들이다. 나이차도 무의미해지고, 누가 더 뛰어난 것도 없는, 그러나 각자의 위치에서 서로에게 들려줄 수 있는 이야기를 충분히 가진 사람들. 서로에게 각기 다른 모양의 거울이 되어준다.

작업실에 쌓여 있던 이야기들은 나와 그들의 화학작용으로 점점 숙성되었다. 이제 밖으로 발산해보고 싶었다. 요즘 대세라는 팟캐스트를 해볼까, 그동안 해온 경력대로 얇은 잡지를 만들어볼까 혹은 같이 배우고 노는 아카데미라도? 뭐든 내 가슴을 울렁거리게 했다. 혼자가 아니라 여럿이 함께할 수 있는 일이었기에 흥분감이 더 컸다.

내 책의 편집자로 만나 친구가 된 손짱과 함께 '달콤한 아카데미'라는 라운드테이블을 만들어보기로 결정했다. 작업실을 오가는 친구들이 함께하면 좋을 취미를 폭넓게 체험하고 생각을 나누는 작은 문화살롱이었다. 좋은 강좌를 소개하는 건 우리의 목표가 아니었지만, 흥미로운 주제로 활동하는 주변의 젊은 연구자들을 초청해서 이야기를 듣는 일은 언제든 환영이었다. 헬렌과 미키는 아카데미 프로그램을 함께 꾸려가는 핵심 멤버로, 작업실 친구들이 주요 멤버로 참가할 예정이었다. '아카데미'라는 완고한 표현은 '달콤한'이라는 말랑한 형용사와 연결되면서 약간 균열이 생긴다. '달콤한 아카데미'는 이런 미묘한 균열을 느끼는 시간이다.

"예술가들은 특별한 모임들을 종종 가졌잖아. 서로 교류하면서 인생철학을 만들어내기도 하고. 달콤한 아카데미는 그런 장면을 포함하고 있으면 좋겠어."

수요일 오후 3시에 열렸다는 일리야 레핀*의 '수요식탁'이나 목요일 밤마다 버지니아 울프** 부부와 캠브리지 대학 출신의 지

◆ Ilya Yefimovich Repin, 1844~1930. 러시아 사실주의 회화의 거장인 일리야 레핀은 내면 심리 묘사가 뛰어난 역사화를 그렸으며, 민중의 시선에서 민중의 삶을 예리하게 포착했다. '수요식탁'이라는 예술 모임은 작업실 친구인 서정 씨가 쓴 『그들을 따라 유럽의 변경을 걸었다』에서 알게 된 내용이다. 일리야 레핀은 지금은 핀란드 영토인 쿠오칼라에 아름다운 보금자리 '페나티'를 지었는데 많은 예술가와 문인 들이 자주 찾아와 지식과 감성을 나누는 모임을 열었다. 커다란 식탁에 앉아 음식과 함께 예술 수다를 나누는 수요식탁이 그것이었다고.

◆◆ Virginia Woolf, 1882~1941. 『댈러웨이 부인』 『등대로』 『올랜도』 등의 소설을 쓴 버지니아 울프는 화가인 언니 바네사와 오빠 토비와 함께 자유로운 분위기에서 성장했다. 그녀는 정신이상 증세와 자살충동에 시달렸지만, 예술과 지식을 나누는 블룸즈버리 그룹의 주요 멤버였다.

식인, 문인, 예술가 들이 교류한 '블룸즈버리 그룹' 같은 문화토론장이 되어 본다면 좋지 않을까? 여기서 세상을 바꾸는 혁명적 결과물이 나오지 않더라도, 모험심과 화학작용들을 계속 이어나갈 수 있다면. 나는 일상을 흘러가는 대로 내버려두고 싶지 않았다. 삶의 관능성을 회복해보고 싶었다.

'달콤한 아카데미'라는 이름으로 캔들이며 손뜨개며 손으로 조물조물 만들어보는 공방 수업도 해보았고, 먹고 마시는 일도 제대로 알고 품위를 갖춰서 해보자는 취지로 와인과 막걸리를 배우고 테이스팅 해보는 시간도 가졌다. 이 시간 동안 우리가 좋아하는 것들에 흠뻑 빠져 있었다. 우리 모두 매혹되고 경도된 눈빛이었다.

'한국적인 것' '한국미'라는 개념에 날카로운 비평의 잣대를 들이댄 홍지석 선생과 1920년 중국 베이징에서 있었던 한인들의 항일운동사를 소개한 손염홍 선생의 강연을 듣던 날, 작업실은 묘한 흥분으로 가득 찼다. 아름다운 반가사유상도, 중국옷을 입은 한국의 혁명가들도 낯선 모습으로 생생하게 가슴에 와서 박혔다. 강연의 수위가 높아지고 감흥이 한층 깊어진 것은, 강의실이나 강단이 아니라 작업실이기 때문이었을까? 아카데미 프로그램을 소개할 때마다 나는 '어디서도 들을 수 없는 강좌'라고 마음껏 우쭐거리며 주최자의 특권을 누린다.

아카데미가 열릴 때 작업실은 '어른들을 위한 놀이터'가 된다. 자발성, 공유 정신, 평등성 그리고 배려와 애정. 나는 이 몇 가지가 어른의 '자격'이라고 생각한다. 그 시간만큼은 작업실이 모두의 서재가 된다.

돌이켜보면 첫해에는 어떻게 그런 에너지가 나왔을까 싶을 정도로 많은 프로그램을 진행했었다. 여러 해가 지난 지금은 단 하나의 프로그램이라도 맥락을 갖고서 꾸준히 해가려고 노력하는 중이다. 그리고 오가는 사람들과 더 아름다운 관계를 맺을 수 있는 방법들을 고민하고 있다. 나는 느슨하면서도 따뜻한 애정으로 이루어진 관계가 좋다. 가볍게 만나고 따뜻하게 북돋우는 사이. 이런 감정도 어른이 된 후 알게 된 즐거움이다.

모든 시간이 잊히지 않는 시간이었지만, '에스페란토'라는 새로운 언어의 세계를 알려준 K와 아이다 미쓰오의 짧은 시를 일본어로 함께 읽는 시간을 선물해준 일본인 노리코 씨, 그리고 긴 여행 후 수많은 사진을 담아서 먼 곳의 이야기를 들려주러 대전에서 달려왔던 L의 시간은 마음에서 우러난 감동이 흘렀다. 그들은 경험과 지식을 친구로서 흔쾌히 나누어주었고 그 이야기들로 우리는 뜨거워졌다. 어쩌면 우리는 미래에 어느 좋은 곳에서 서로 배우고 가르치고 함께 살아가는 느슨하고 따뜻한 공동체를 만들어볼 수도 있지 않을까?

처음, 공간이 있었고, 그다음엔 한잔의 차가 있었다. 그리고 작업실을 좋아하는 친구들이 생겨났으며 이윽고 이야기들이 터져 나왔다. 나는 이 공간이 살아 있음을 느꼈다. 내 심장도 두근두근.

거문고 타는
봄밤

'지음'이라는 단어를 되새김한 것은 '명청 시대 문인취미'라는
주제의 프로그램을 진행했던 첫날이었다. 한창 중국어에 재미를
느낀 우리는 중국문화에 한걸음 다가가 보고 싶은 마음에 중국 고
전과 관련된 강좌를 열어보자고 의견을 모았다. 좋은 주제가 없을
까? 고민하던 차에 손짱의 소개로 이제 막 베이징에서 학위를 마
치고 돌아온 젊은 연구자 수현 씨를 만날 수 있었다. 지음은 수현
씨가 들려준 많은 이야기 중에서 가장 자주 되풀이된 단어다.

거문고를 뜯는 소리만으로도 그 마음을 알 수 있는 사이를 지
음이라 하는데, 중국 춘추시대 거문고로 이름을 날렸던 백아와
그의 친구 종자기의 고사에서 비롯되었다. 백아가 높은 산에 오

르고 싶은 마음으로 거문고를 연주하면 듣고 있던 종자기가 "참으로 근사하다. 하늘을 찌를 듯한 산이 눈앞에 보이는구나" 했고, 흐르는 강물을 생각하며 금을 탈 때는 "유유히 흐르는 강물이 지나가는구나. 기가 막히다!"라고 감탄했단다. 종자기가 죽자 백아는 거문고를 부수고 다시는 연주하지 않았다고 한다.

금기서화琴棋書畫. 거문고를 타고 바둑을 두고 책을 읽고 그림을 그리는 행위는 중국 문인들의 취미이자 덕목이다. 명청 시대에 그려진 그림 중에는 금기서화를 다룬 것이 많다. 특히 거문고 그림에는 반드시 창문 너머로 음을 듣고 있는 인물이 등장하는데 바로 지음이다. 거문고 타는 실력만큼 함께 듣고 즐기는 사람이 더 중요하다고 말하는 것처럼.

'청공淸供'과 '청완淸玩'이라는 말도 배웠다. 값비싸고 화려한 물건을 멀리해야 하는 선비들도 문방사우처럼 서탁 위의 친구들을 향유할 자유는 있었는데, 이것을 담박하면서도 맑은 취미라고 해서 맑을 '청'자가 들어간 이 두 단어를 쓴다. 문인의 생활은 맑음의 정서를 향한다. 생활 속에서도 맑을 '청'이어야 하므로 제사에도 맑은 음식을 올렸다. 그러한 이유로 채소나 원예에 대한 박학한 지식도 문인에게는 필수적인 것이었다고 한다.

이 두 단어는 식물성의 삶과 담백한 생활습관 같은, 내가 바라 마지않는 것들과도 닮아 있다. 맑음이란 세상의 먼지와 혼탁함을 표백한 순결한 상태가 아니라 어떤 경지를 향한 순수한 태도라 할 것이다. 삶이 어떻게 폭폭 삶아서 맑은 햇볕에 널어둔 무명처럼 흰색일 수 있을까? 일상의 먼지도 묻고 진흙탕에 빠지기도할 터이니 말이다.

나는 맑음을 추구하면서도 어둠과 그늘의 정서에도 몹시 끌린다. 그늘 속에서 끌어낸 것들의 끈적거림이 있어서 밝음과 맑음이 고유의 의미를 갖게 된다고 생각한다. 그러나 지고지순한 지점—문인에게는 학문의 경지일 터이고 예술가에겐 예술의 본질일 그곳—을 향해가기 위해서는 맑음의 태도로 올라서야 할 필요성을 느낀다. 그래서 몰입해서 일하는 동안 작업실을 맑고 고요한 장소로 유지하려 애쓴다. 식물의 향이 피어나고 맑은 찻물과 충분한 빛이 있는 공간으로. 이 모든 것을 문인의 맑음을 탐하는 마음으로.

지음. 남의 마음을 알고 더듬는 일이 여전히 서투른 나는 이단어에 여러 번 밑줄을 그었다. 지음이라니, 얼마나 다정한 말인가. 금을 뜯는 소리만으로도 그 마음을 알아채다니. 그를 얼마나잘 알고 있어야 그 마음이 가능할까?

지음은 못되지만 친구가 타는 거문고를 듣고 싶을 때가 자주있다. 거문고 연주자인 정희 씨도 책으로 맺어진 인연이다. 어느 날 그녀가 거문고를 안고 작업실을 찾아왔다. 정희 씨는 멋진 저지 원피스를 입고 와인잔을 옆에 두고서 거문고를 탔다. 진정 음풍농월하는 봄밤이었다.

명주실을 엮어 만든 현과 두텁고 날렵한 나무의 울림이 농밀하다. 심연의 바닥에 닿은 듯한 거친 소리와 탁하게 심장을 울리는 소리도 있다. 치고 맺고 두드리는 타악의 리듬도 느껴지고 튕기고 뜯는 현의 소리가 깊다. 음을 내기 전 현을 죄는 소리, 술대로 거문고 통을 내리치는 소리, 현을 밀 때의 복잡한 울림……. 소리를 내지 않을 때도 울림과 소리가 있었으니, 가까이에서 들었던 거문고에는 이 수많은 소리들이 포함되어 있었다. 수많은 소리와 울림에 놀라고 감탄하며 황홀해했다. 그 소리들을 다 알아들을 수 있다면 진정 지음일 것이다.

서늘한 침향무와 절제된 영산회상과 나붓거리는 줄풍류*와 달밤의 매화 그림자와 어울리는 곡들이 밤의 작업실을 채웠다. 어쩌면 온몸이 불어내는 소리, 온 마음이 만드는 소리였을까? 숨죽여 거문고를 듣던 그 밤 이후로 봄밤이 되면 감기가 찾아오듯이 거문고 소리가 그리워진다. 수천 년의 시간을 품은 오래된 악기에 한 줄 한 줄 맺힌 이야기들이 듣고 싶다.

◆ 거문고가 중심이 되는 실내악곡으로 가야금, 해금 등 다양한 현악기들의 합주가 이루어진다.

목요일 밤엔
함께 읽기로

책 읽기의 고수 헬렌의 고민은 이런 것이다.

"죽기 전에 『잃어버린 시간을 찾아서』를 다 읽을 수 있을까? 다른 책은 어떻게든 읽겠는데 프루스트는 도저히······."

혼자서는 끝낼 수 없을 것 같다고 내게 이런 이야길 꺼냈다.

"프루스트 클럽을 만들어서 같이 읽어 가면 어때요?"

"새로운 번역으로 출간되던데, 아직 네 권밖에 안 나왔어요. 1년에 한 권씩 출간해도 6년 후에나 완독할 수 있겠는데요?"

"그럼 그때까지 다른 책 읽으며 기다릴까요?"

'소설만 읽고 소설가만 애정하는 소설클럽' 약칭 '소설클럽'은 그렇게 시작되었다.

모임 결성을 위한 첫날, 나와 손짱, 헬렌과 미키까지 모두 모였다.

"베스트셀러 말고, 혼자서도 재미나게 읽을 수 있는 책 말고!"

헬렌이 강한 어조로 선언한다.

"함께 읽기가 아니라면 도저히 손도 대지 못하는 책들을 읽어야 한다고 봐."

"좋아요, 좋아. 그런데 너무 윗세대 고전 말고 동시대 작품 위주로 선정했으면 해요."

"국가별, 대륙별, 남녀별로 치우치지 말고 골고루!"

"한국작가 소설도 반드시!"

노트에 메모하고 보니 우리 소설클럽의 분위기가 조금씩 잡히는 것 같다. 함께 읽고 싶은 소설들을 꺼내놓자고 하니 끝도 없이 쏟아진다. 이 소설을 다 읽으려면 평생 소설클럽을 이어가야 할 것 같다.

"이왕이면 소설가를 작업실에 초대해서 직접 이야기를 들어봐도 좋지 않겠어요?"

꺄아, 하고 환호성이 출렁거린다. 미키가 히힛 웃으며 묻는다.

"초대한다고 오실까요?"

"우리처럼 지적이고 애정 넘치는 독자들이 있는데 당연히 반갑게 오셔야 하고 말고."

헬렌이 자신 있게 이야기하자, 손짱이 기분 좋게 탄식한다.

"허헛, 어디서 소설가들 전화번호를 따지?"

두껍고 심각한 소설들을 잔뜩 선정해놓았으면서도 신나서 히히덕거릴 수 있는 건, 재미난 일이 생길 것 같은 기대감 때문이다. 이런 기대감으로 작업실에서 자꾸 일을 벌이게 된다.

두어 차례 예비모임을 갖고서 모임날짜와 함께 읽을 책을 선정하고 보니 제법 근사한 문학클럽이 된 것 같다. 우리의 소설 리스트는 김연수에서 시작해서, 폴 오스터, 메도루마 슌, 김숨, 필립 로스, 한강, 오르한 파묵, 니코스 카잔차키스, 조르주 페렉, 비톨트 곰브로비치, 배수아, 미하일 불가코프, 줄리언 반스, 히라노 게이치로, 살만 루시디 등 다양하게 구성되었다. 처음엔 작가의 대표작과 신작 두 권을 읽기로 했다가 힘에 부쳐서 선정된 한 권의 책에 집중하는 걸로 노선을 조금 바꿨다. 멤버 모두가 재미를 느끼며 오래오래 모임을 계속하는 게 소설클럽의 목표다. 소설클럽에서 강제하는 것은 오로지 소설을 끝까지는 읽어내는 것뿐.

매달 마지막 목요일 밤, 작업실에는 열 명 남짓의 남녀가 모인다. 어둡게 켠 불빛 아래 그들은 상기된 얼굴이다. 하지만 말을 아낀다. 서로의 시선을 주시하고선 가방 안에서 한 권의 책과 노트를 꺼낸다. 그리고 번갈아 이야기를 시작한다. 한 달 동안 읽은

한 권의 소설, 길거나 짧은 하나의 이야기에 대해. 소설은 늘 호불호가 분명히 갈렸지만 이야기를 나누고 나면 좋지 않은 책은 한 권도 없었다.

명절이나 연말에는 건너뛴 적도 있지만, 거의 매달 가져온 모임이 벌써 17회에 이르렀다. 책 읽는 일도 버거운데 책에 대해 이야기하겠다고 야밤에 모여들다니, 그것도 인생살이에 어떤 쓸모가 있나 싶은 소설에 대해서. 우린 참으로 무용한 일에 이토록 깊은 애정과 정성을 기울이고 있구나!

어쩌다 다른 자리에서 "소설클럽이란 걸 하고 있어요"라고 말을 꺼내면 많은 사람들이 관심을 표했다. 자신에게 잘 맞는 독서 모임이 있다면 꾸준히 참가하고 싶다는 말도 잊지 않았다. 소설 읽는 인구가 점점 줄어들고 있다고 출판계는 맨날 우는 소린데, 이토록 열렬히 독서에 몰두하고 싶은 사람들 또한 많다는 건 아이러니한 일이다. 책은 사고파는 시장보다는 읽고 말하는 현장에서 언제나 더 큰 위력을 발휘한다.

요즘은 '함께'라는 말을 곰곰이 생각해본다. 함께 읽고 함께 이야기를 나누는 것, 한잔의 차를 함께 마시는 것, 함께 여행을 가는 것. 분명, 혼자 하는 행위와 다르다. 처음 소설클럽을 준비할 때는 반신반의했다. 시간낭비는 아닐까? 좋아하지 않는 책을 읽어야 한다면 그것 또한 얼마나 고역이랴! 취향도 관점도 다른 사람들과 토론하는 일이 내게 어떤 도움이 될까? 무엇보다 모임을 이끄는 리더의 역할도 중요하다고 하는 데 경험이 전무한 내가 잘 할 수 있을까? 1년이 지난 후 모임의 행로를 더듬어보니 여기까지 올 수 있었던 건 '함께'했기 때문이었다.

어쨌건 우린 이야기한다, 한 권의 소설에 대해. 소설의 마지막 페이지를 덮은 후 밀려오는 감정들, 그 아쩔함들을 일상적인 언어로 바꾸기 위해서 애쓴다. 분석하는 일은 버겁고 불필요한 일이지만 감상을 털어놓는 것만으로는 얄팍한 것 같아서, 토론을 이어가기 위해 약간의 규칙을 만들었다. 참가자들이 번갈아가며 짧은 발제를 진행하는 것이다. 발제의 방식은 규정하지 않고 각자의 관점에서 생각하고 고민한 것들을 공유하기로 했다. 그것만으로도 토론의 밀도는 짙어지고 목소리의 데시벨도 높아진다. 소설가가 창조한 이야기는 여러 독자들을 거치면서 다르게 해석되고 표현되면서 우리 모두에게로 되돌아간다.

마지막 페이지까지 집중해서 읽어내는 과정만으로도 이전의 독서와 확연히 달라진 느낌이었다. 비슷하지만 미묘하게 다른 해석들이 모이면 제법 깊은 또 하나의 이야기가 탄생한다. 함께 읽기로 얻어낸 좋은 결과다.

문학과 삶을 이야기할 때는 일상에서 긁힌 감정들도 회복되는 것 같았다. 소설로 인해 우리의 감정은 얼마나 복잡해지고 예민해졌는지! 그러나, 토론 뒤엔 맑음과 석연치 않음이 뒤섞인다. 여전히 빈틈도 있고 불가해한 부분도 남아 있다. 나머지를 채우는 건 각자의 몫이다. 소설은 각양각색의 삶에 대한 이야기니까. 그러므로 소설을 함께 읽는다는 건, 각자의 해석을 듣고 우리 모두가 세상을 얼마나 다르게 생각하며 살아가는지를 깨닫는 일이다.

"그리스인 조르바!"

"나는 공산주의자와 결혼했다!"

"한밤의 아이들!"

"거장과 마르가리타!"

열일곱 권의 소설을 읽은 뒤 최고로 꼽고 싶은 소설을 물었더니 이런 대답이 돌아왔다. 역시 이야기의 힘이었다. 거세게 밀어붙이며 시대를 거스르는 정신과 호흡, 힘으로 팽팽한 소설들.

나에게도 『그리스인 조르바』는 그해 읽은 최고의 책으로 꼽을 만큼 뜨거운 소설이었다. 한바탕 눈물과 웃음이 끝나고 바닷가 모래밭에서 조르바가 악기를 연주하며 춤을 추는 장면은 영화가 아닌 활자로도 강렬했다. 조르바 영감의 인간미에 푹 빠져서 한동안 그리스의 하얀 섬들을 넘나드는 꿈을 꾸었다. 젊은이보다 더 젊은 조르바! 강건한 영혼을 가진 용기가 넘치는 조르바! 우리 시대의 조르바는 과연 누가 있을까?

『그리스인 조르바』의 열기가 채 식기 전에 '조르바를 찾아가는 문학기행'이라는 주제로 강좌를 계획했다. 블로그를 통해서 그리스와 북구, 러시아에 대해 문화 애호가의 품격과 지성을 아름답게 그려온 서정 씨가 강연을 맡아주었다. 러시아문학을 전공하고 벨라루스에 살고 있는 그녀가 한국에 잠시 방문한다는 소식을 듣고서 작업실로 초대한 것이다. 서정 씨는 그리스에도 오랫동안 거주했는데, 니코스 카잔차키스에 푹 빠져서 그리스 곳곳을 기행했다고 한다. 덕분에 그리스의 강인한 역사와 문화에 대해서 충실한 이야기를 들을 수 있었다.

소설을 읽고 소설이 좋아 그 시대와 문화를 더듬기까지 그리 오래 걸리지 않았다. 우리는 서정 씨의 조용하면서도 분명한 목소리를 따라 섬과 섬을 넘나들었다. 투명한 푸른 지중해와 뜨거운 흰색의 섬마을이 떠오르는 그리스가 파란만장한 근대사를 겪었고 지금도 역사의 그늘에서 힘겨워한다는 사실은 『그리스인 조르바』와 서정 씨의 이야기가 없었다면 전혀 몰랐을 것이다.

그리스는 오스만투르크의 지배 속에서 수백 년에 걸친 독립운동을 계속 이어온 역사가 있었다. 오랜 투쟁 속에서 절멸해버린 채 여전히 폐허의 흔적으로 남아 있는 몇몇 도시들의 이름을 듣고 먹먹함을 느꼈다. 무국적의 낙천성과 용기를 가진 조르바 영감의 목소리가 더욱 생생하고 선명하게 다가오는 순간이었다.

영국과 러시아를 오가며 국가의 문제, 체제의 문제를 고민했던 니코스 카잔차키스도 멀고 먼 어느 시대의 소설가가 아니라 현실을 고민하는 문제적 인간으로 다가왔다.

마치 운영진이 의도했다는 듯 곧이어 오르한 파묵의 『눈』을 읽게 되었는데, 이 소설 역시 지중해 지역의 복잡한 상황을 들추고 있었다. 대제국 오스만투르크의 영광이 와해된 20세기 터키의 모습이 우화적으로 담긴 소설이었다. 이야기의 배경에는 우리에게 낯설기 만한 중동지역의 분쟁이 흘렀다. 쿠르드, 시리아, 터키의 정세도 여간 복잡한 게 아닌데 세르비아, 크로아티아 등 동유럽의 피비린내도 여전했다. 소설 속에서 이 지역은 팽팽한 긴장으로 들끓었고 결코 끝나지 않을 것 같은 전쟁을 치르는 중이었다.

한번도 접할 기회가 없었던 도시의 풍경들, 낯선 역사의 가장자리들은 소설이라는 창으로 바라보고 소설가의 목소리로 들을 때 더욱 뜨겁고 가까워졌다. 소설이 없었다면 이스탄불과 폴란드의 시골 마을과 메사추세츠의 작은 도시 풍경이 이토록 눈부시다는 것을 어떻게 알 수 있었을까? 소설클럽이 없었다면 어떻게 문제적 인물에 한걸음 다가갈 수 있었을까? 이쯤 되면 독서클럽을 하길 잘했다는 뿌듯함이 밀려오며 또 한 번 우쭐거리게 된다.

소설은, 언제나 많은 덤을 주었다. 나는 소설클럽의 의미를

'세 번의 독서'라고 이야기한다. 책을 펼치고 혼자 읽어가는 첫 번째 독서, 함께 이야기하면서 확장되는 두 번째 독서 외에도, 한 번의 기회가 더 찾아온다. 소설클럽 다음날 아침이 되면 책을 읽으면서 내내 무의식에 걸려 있던 작은 생각들이 선명해지는 시간이 다가온다. 그건 소설가로부터 온 것도 아니고, 소설클럽으로부터 나온 것도 아닌, 독서의 우물에서 길어 올린 나만의 아이디어다. 이 세 번째 독서야말로 소설클럽을 하는 가장 중요한 이유다. 이때 손이 근질근질하면서 뭔가 쓰고 싶은 감정이 솟아오른다. 소설의 깊은 곳에서 내 삶이 만개하는 것 같다.

이윽고, 소설가들이 찾아온 밤. 소설클럽 멤버들과 그 지인들 무리는 작업실을 바늘 들어갈 틈 하나 없이 빽빽이 채우며 환호와 함께 그들을 맞이했고, 헤어지기 싫은 나머지 쓸 데 없이 길고 긴 질문지를 들이대며 밤늦도록 이야기를 청해 들었으니, 그리고 꽃이며 책이며 와인이며 자기들 맘대로 고른 선물을 잔뜩 안기며 애정을 과시했으니. 그 밤은 영원하라!

평상이라는

우주

　서촌의 어느 옷 파는 가게 안에 나무마루로 된 낮고 넓은 평상이 놓여 있는 것을 보고서 작업실에 평상을 둘 수 없을까 한참을 궁리했다. 신발을 벗고 앉아서 낮은 탁자에서 글을 쓰거나 다탁을 놓고 차를 마시는 모습을 떠올리니 그게 또 멋있다. 글을 쓰다가 잘 되지 않으면 벌렁 드러누울 수 있고 겨울에 온돌 매트라도 깔아두면 따뜻한 방바닥이 부럽지 않을 테고.

　작업실을 휘 둘러본다. 책상이며 아일랜드며 책장이며 필요한 자리에 필요한 가구들이 놓여 있기에 평상을 놓을 적당한 자리가 눈에 띄지 않는다. 하기야, 그동안 가구 위치를 여러 차례 바꾸었다가도 원래대로 늘 되돌리곤 했다. J와 내가 머리를 맞대고

면밀히 계획한 그 처음이 가장 적절했음을 매번 인정하면서.

지난여름, 연남동 골목길에 평상이 하나 등장했다. 그늘은 미약하고 볕은 찜통이지만 동네 아주머니들은 평상으로 곧잘 모여들었다. 그네들은 오랫동안 연남동에 살아온 화교답게 한국말과 중국말을 섞어서 구수하게 떠들고 웃음꽃을 피웠다.

전혀 알아들을 수 없었지만, 나는 그네들의 목소리에 귀 기울여보았다. 누구네 집에서 무슨 일이 있었고, 누구네가 이사를 가고 누구네가 말다툼을 하고 누구네가 정분이 나고……. 그런 말들이 아니었을까? 바람에 흩어지는 풍문 같은 것들 말이다. 볕이 깊어지고 바람이 서늘해지자 평상은 자취를 감추었다. 어느 집 창고나 주차장 귀퉁이에서 내년 여름을 기약하며 그렇게 먼지 쌓인 채로 놓여 있겠지. 어스름한 저녁길이면 평상이 있던 자리를 나도 모르게 더듬었다. 평상은 내 기억을 건드리는 사물이기 때문이다.

내가 어렸을 적 골목길에는 평상이 자주 놓였다. 동네 평상은 아주머니들의 사랑방이었고 학교 다녀온 아이들의 공부방이었다. 때때로 평상은 마당 안으로 들어와 마루를 대신했다. 평상에 상을 차려서 마당에 자라던 고추며 깻잎을 뜯어서 고기쌈을 먹었고, 까만 밤에는 담요를 두른 채 평상에 드러누워 어두운 하늘을 바라보았다.

내 눈앞에 생생하게 펼쳐진 별밤의 폭풍, 그 먼 우주는 평상 마루를 파랗게 물들였다. 그때 내 속에서 빅뱅이 일어났다. 내 몸 속에 거대한 상상의 공간이 폭발한 것이다. 그때의 광활한 우주 는 여전히 내 곁에 부유하며 이야기를 쓰게 만든다.

평상은 누군가를 기다리는 공간이다. 평상에 다가오는 사람들 은 누구나 자기가 들은 이야기를 털어놓을 준비가 되어 있다. 낮 이면 뒷집 옆집 앞집에서 새어나온 이야기들로 수런수런 소문이 뭉게뭉게 부풀어 오르고, 밤이면 모기향이 피어오르는 달콤한 어둠 속에서 속닥속닥 연애질이 시작된다. 평상에서 들리는 이 야기는 소금내 나는 삶의 이야기들, 해보나마나 한 우스갯소리 들, 가당치도 않은 공상과 저급한 풍문들. 그때 아주머니들의 쑥 덕거림을 좀더 귀 기울여 들어놓을 걸 그랬다. 순도 높은 음담패 설과 맛깔스런 뒷담화들을. 생생한 생방송 같은 삶의 날것들을.

작업실이라는 공간도 이 평상의 연장이 아닐까? 오고가던 사 람들이 문을 열고 들어와 풍문을 물어다놓고 땀을 닦고 차를 마 시고 다시 떠난다. 나는 평상지기인 셈이다. 한철 잘 놀고 가면 먼지를 털고 바닥을 닦아놓고선 다시 만날 날을 기다린다.

L'endroit inattendu
내 친구들의 작업실

프랑스말 중에 'attendu'라는 단어가 있다. '기다려진' '기대된' 이라는 뜻의 형용사인데, 멋지고 훌륭한 것에 이 표현을 쓴다. 'in-'이라는 접두사는 일반적으로 부정의 의미가 있지만, 'attendu' 앞에 붙으면 그 의미가 더 강력해진다. 'inattendu'는 '예상치 못한'이라는 뜻으로, 기대 이상의 훌륭한 것을 뜻하는 표현이다. 'L'endroit inattendu' 는 예상치 못한 공간, 그래서 더 좋은 공간이라 풀이할 수 있다. 나는 이 단어를 내 친구들의 작업실에 붙이고 싶다. 나를 위로하는 공간, 나에게 달콤한 관계를 선물하는 공간들이다.

📍 서울오감도

수영 씨는 지난겨울 옥인동으로 이사를 왔다. 40년이나 된 옥인아파트는 오묘한 모양새로 인왕산의 능선과 잘 어울렸다. 그녀는 이 아파트에서 서울오감도라는 아주 작은 책방을 운영한다. 책방에는 손으로 헤아릴 수 있을 정도의 책만 있다. 특별한 이유를 가지고 선택한 책들만 소규모로 소개한다.

"열 권만 파는 책방이라고 할까요? 이 책장 좀 보세요. 딱 한 권씩 열 권만 넣을 수 있는 책장이거든요. 로와정이라는 아티스트가 만들어준 책장 덕분에 이런 특이한 책방이 시작된 것 같아요."

밝은 컬러의 테이블과 책장 그리고 부서진 곳을 예쁘게 고친 스툴에 '마담백도'라는 이름이 붙여져 있다. 백도白渡는 달이 천구 위를 그리는 궤도를 말한다.

책방의 문을 열고 처음 입고한 책은 로베르토 무질의 『생전 유고/어리석음에 대하여』와 박상미 작가의 『나의 사적인 도시』다. "로베르토 무질의 기일에 서울오감도

를 시작했어요. 무질의 이야기를 더 해보고 싶었는데, 워크룸 '총서들' 시리즈에서 마침 『생전 유고/어리석음에 대하여』라는 책이 발간되었어요."

몇 가지 종류의 책들이 조금씩 조금씩 늘어났다. 시집, 에세이, 소설, 그림과 지도를 담은 책들. 조금 다른 시선으로 삶이 단단해질 수 있는 책들이 서울오감도의 서가에 꽂혀 있다. 그 사이 단골고객도 생겼다. '통의동 보안여관'이라는 예술 공간을 운영하는 최성우 대표는 들를 때마다 빈손으로 나가는 일이 없다.

이곳이 첫 책방은 아니다. 옥인아파트로 이사하기 전에는 호젓한 한옥 사랑방을 책방으로 삼고, 한 달에 한 번 보름달이 뜰 때마다 책방 문을 열었다. 이번에는 천장 낮은 옥인아파트의 거실이 책방이다. 내가 서울오감도를 좋아하는 건 공간 때문이다. 옥인동은 서울에서도 드물게 호젓하고, 예술가적 감성이 흐르는 동네다. 인왕산 수성동 계곡 초입의 언덕에 있다 보니 3층짜리 아파트지만 전망이 남다르다. 남향으로 넓게 난 창으로 멀리 남산의 실루엣이 시야를 채운다. 시적인 풍경이 펼쳐진다. 간결하고 조용하며 부드러운 취향을 읽을 수 있다.

"여기서 희곡을 함께 읽는다면서요?"

"희곡을 좋아하기도 하고. 사무엘 베케트 전집이 출간된다는 소식도 들려서 함께 낭독해보려고요."

낭독이란 책의 깊고 그윽한 감성을 발견하는 일이기도 하다. 사람의 목소리와 호흡을 따라가는 일은 묘한 뭉클함을 준다. 때론 누군가의 목소리를 홀린 듯 듣고 있는 것만으로도 몸의 긴장이 풀리는 것만 같다.

서울오감도는 책을 파는 공간이지만 함께

읽는 공간이기도 하다. 매달 한 번씩 독서 모임을 여는데, 보름달이 뜰 때면 함께 모여서 책을 읽는 '보름달 밤의 묵독'과 '정원과 서재'라는 활동을 한다. 몇 명이건 상관없이 자발적인 참가자들과 소중하게 모임을 이어 나간다.

수영 씨가 이런 조그만 서점을 하는 건, 책의 힘을 믿기 때문이다. 아름다운 책들이 사장되지 않고 새로운 독서를 원하는 누군가에게 닿기를 바라는 것이다. 한편, 그녀 또한 책을 사랑하는 독자로서 좋아하는 책을 선별해서 공유하는 특별한 독서법을 보여준다.

해 질 무렵 서울오감도를 찾아가 남산과 인왕산의 깊은 실루엣을 감상하며 하늘을 바라보고 싶다. 넓은 창 앞에 서서 가벼운 책을 한 손에 쥐고 소리내어 읽어도 좋겠고.

◉ 플라워 스튜디오 벨빌

내 친구들 중에는 혼자서 작은 공간을 운영하며 자신만의 일을 하는 친구들이 여럿 있다. 서울오감도 근처 청운동에서 꽃집을 운영하는 하나 양도 그중 하나다.

내가 아는 한 꽃을 만지는 여자들은 신중하고 세심한 한편, 과묵하다 할 정도로 말수가 적은 편이었다. 하나 양은 그중에서도 혼자 있기를 좋아하는 성격이다. 그녀의 가족은 고양이 세 마리. 그래서인가 하나 양은 고양이를 닮았다. 조용히 느슨한 공간에서 꽃을 만지고 해야 할 말만 하며 은근하게 웃는다. 하나 양은 청운동으로 가기 전에 연남동에 몇 년을 살았고 잠시 플라워 스튜디오도 운영했다. 나와는 그즈음 이웃사촌으로 서로 알게 되었다. 하나 양이 먼저 블로그로 쪽지를 보내서 만나고 싶다는 의사를 전달해왔는데, 그녀로서는 여간 어려운 결심이 아니었을 거다.

그녀의 작업실에는 꽃이 많지 않다.

"꽃은 주문 작업만 하고 스튜디오에서는 플라워 클래스를 주로 해요. 꽃을 판매하려면 냉장고를 들여야 되는데, 전 꽃이 냉장고 안에 있는 걸 좋아하지 않아요."

여긴 그때그때 꽃시장에서 가져오는 생생한 꽃들로 부케와 바구니를 만들고, 플로

리스트가 되고 싶은 사람들에게 꽃을 만지는 법을 가르치는 곳이다.

서로 알게 된 첫 겨울에 나는 하나 양의 도움으로 크리스마스 리스를 만들었다. 목화꽃이 보송보송 활짝 핀 목화리스에 작은 전구 줄을 달았다. 둥근 목재 리스틀에 목화를 두세 군데에 적당히 봉긋하게 자리를 잡고 글루건으로 붙여준다. 투명한 사슴인형을 매달았더니 마치 달무리를 날아가는 것처럼 보였다. 조그만 리스를 나는 매년 겨울이면 천장에 매달아 전구를 밝힌다. 그것만으로도 겨울이 보송보송 따뜻하게 다가오는 느낌이다.

책이 나올 때마다 출간기념으로 화분을 하나씩 들이겠다고 결심한 나는 세 번째 책이 출간된 후 하나 양에게 커다란 프렌치 라벤더 화분을 주문했다. 내가 가장 좋아하는 라벤더! 보랏빛 꽃이 짙은 녹색의 꽃대 사이에서 피어날 때 그 올망졸망한 아름다움이란! 북향인데 잘 안 크면 어떡하나, 걱정하는 내게 하나 양은 담담하게 말했다. "청운동 꽃집도 계곡이고 북향이라서 춥고 볕이 없어요. 그래도 이렇게 잘 자랐잖아요. 가지가 무성해지면 조금씩 정리해주면 돼요."

그렇지 않았다. 한두 달 생생하게 꽃을 피우던 라벤더 화분은 어느새 모양이 잡히지 않을 정도로 무성해지더니 급기야 시들시들해진다. 화분은 햇볕이 잘 드는 아파트 발코니로 옮겨졌으나 결국 바싹 메말라버렸다. 아름다운 라벤더를 잃고 난 뒤에는 작업실에 화분을 들일 생각을 완전히 버렸다.

그 후론 꽃이 보고 싶을 때는 하나 양의

꽃집으로 놀러간다. 꽃들의 이름을 듣고 향기를 맡고 꽃잎을 세어본다. 꽃이 있는 공간은 언제나 힐링의 시간이 찾아온다. 정작 그녀에게는 치열한 일터가 되겠지만. 꽃에 둘러싸여 홍차를 마시고 잠시 일이 아닌 자신의 마음에 대한 이야기를 나누고 나면. 꽃향기가 짙어지는 것 같다. 나는 꽃향기가 좋다. 정작 하나 양은 꽃향기를 그다지 좋아하지 않지만 말이다.

벨빌의 스튜디오는 조약돌 같다. 손바닥 안에서 동글동글 구르고 움직이는 돌. 그녀가 좋아하는 화기의 색과 결의 느낌 그대로다. 손을 탄 흔적이 많은 넓은 테이블이 중앙에 자리 잡고 있고 두툼한 광목을 박아 만든 커튼이 걸려 있다. 한편에는 소담하게 매만진 꽃이 자연스레 말라간다.

보기 좋으라고 놓은 것 하나 없지만 있어야 할 장소에 자연스레 자리 잡고 있다. 몇 권의 책, 몇 가지의 홍차, 몇 가지 컬러의 천 조각 들이 언뜻언뜻 보인다. 간결하다. 연락이 뜸했던 얼마 동안 까칠한 하나 양은 결혼을 하고 갓난아이의 엄마가 되었다. 자발적 육아 휴직으로 1년을 쉰 후 다시금 스튜디오의 문을 열었다. 호들갑스럽지 않게 찬찬히 아이를 관찰하며 조용히 엄마 노릇을 하다가 다시 밖으로 나와 꽃집으로 되돌아갈 준비를 한다. 해야 할 일을 할 뿐이라는 듯 담담하게. 벨빌은 어떻게 달라질까? 여전히 담백한 광목 같은 눈빛으로 꽃을 보겠지. 고요하고 까칠한 소녀의 공간처럼.

📍 가죽 공방 코운

취향이 비슷한 사람. 코운의 지연 씨가 만든 물건들은 어느 순간부터 내게 하나씩 찾아와 내 물건들과 뒤섞였다. 그런데 그게 어색하지 않으니 '취향이 비슷하다' 말해도 완전히 틀린 것은 아닐 것이다. 트위터 팔로워에 딸린 사진으로 처음 지연 씨의 가죽 제품들을 봤을 때 정말이지 마음에 쏙 들었다. 당시 서교동에 있던 그녀의 작업실로 찾아갔던 날, 우리 둘은 또 깜짝 놀랐다. 내가 들고 있던 가죽가방이 수년 전 그녀가 몸담고 있던 회사 에코파티메아리에서 기획했던 제품이었기 때문이다.

"인사동 매장에서 샀는데, 어떤 젊은 여자분이 판매하셨던 게 기억나요. 가방에 대해 잘 설명해주시던. 그럼 그 사람이?"

"저였나 봐요. 매장에 자주 나갔거든요."

소파 가죽을 재활용한 가방은 묵직하면서도 오래되어 반질거리는 느낌이 좋았다. 약간의 낡은 느낌은 가방을 더욱 품위 있게 해주었고, 무엇보다 심플한 형태가 아주 마음에 들었다. 그러고 보니 코운의 지갑과 가방도 비슷한 느낌이다. 그 느낌 때문에 첫눈에 이거다, 하고 생각했던 것 같기도 하고.

물건에 대한 감성이 비슷하다는 건 신뢰감을 높인다. 나는 지연 씨의 공간도 좋아하고 간결한 그녀의 감성도 좋아하게 되었다. 얼마 전 지연 씨는 세 번째 작업실을 구했다. 서교동에서는 캔들메이커와 공동으로 작업실을 사용했고, 망원동에서 셰어형 작업실을 사용하기도 했다. 이번

엔 쇼룸을 겸한 공방이다. 함께할 때와 혼자 할 때는 장단점이 있지만 독립된 공간에서 작업에 매진할 수 있는 지금이 충분히 좋다고 한다.

"실상은 매일 일만 하고 있지만, 드, 디, 어, 작업실이라고 부를 수 있는 장소를 찾았다고 생각해요."

고요히 몰두하며 온전히 나의 시간을 쓰는 공간, 그것이 작업실일 것이다.

"한창 망원동이 시끌시끌한데 여긴 아직 조용해요. 작업하다 보면 시간이 훌쩍 가요. 어느새 바깥에서 아이들이 재잘거리는 소리가 들리거든요. 그러면 오후가 되었구나 싶고."

서늘한 공간에서 흘러나오는 라디오 소리가 작업대에서 나는 소음과 뒤섞인다. 올리브 컬러로 칠한 벽에 윤기 나는 가죽이 색깔별로 걸려 있다. 큰 작업대가 하나 있고 뒤쪽에는 가죽용 재봉틀과 압인을 하는 기구, 가죽의 모서리를 잘라주는 기계 등 낯선 공구들이 자리 잡았다. 정밀한 재단과

꼼꼼한 바느질, 선명한 절단을 도와주는 기구들이다. 예전보다 작업량이 많아진 듯 걸어둔 가죽도 많고 부속품도 많다.

공간은 크지 않지만 층고가 높고 볕이 잘 들었다. 벽은 올리브그린색과 흰색으로 칠했고 얇은 형광등인 T5를 사각으로 접어 조명을 설치했다. 가구는 지연 씨가 직접 디자인했다. 상판과 지지대로 구성된 작업대는 내 작업실의 부부 책상과도 닮은 형태다. 대신 지지대 아래 바퀴를 달아 자유롭게 이동할 수 있도록 했다. 고심한 것은 공방 제품을 디스플레이하고 필요한 물건들을 넣어두는 낮은 수납장이었다. 거칠거칠한 합판으로 짠 가구인데 심플하면서도 질감이 느껴졌다.

"나무의 질감이랑 색깔이 예뻐요."

"마감이 매끈하지 않아 손을 다칠 수도 있지만 이대로가 너무 마음에 들지 뭐예요."

블라인드 사이로 새어든 볕이 수납장으로 밀려들어온다. 밝은 광선은 벽에 기다란 그림을 그렸다. 물체를 선명하게 만드는

빛이 그늘과 뒤섞인다.

최근에는 가방을 내놓았다. 역시, 딱 각진 모양새에 군더더기 없이 심플한 형태다. '친구에게 만들어 주고 싶은 물건'이란 콘셉트가 마음에 든다. 지연 씨에게도 친구들이란 취향과 감각을 나누는 사람이란 뜻인가 보다.

"앞으로 어떤 제품을 구상하고 있어요?"

"가죽으로 조명을 만들어보고 싶어요. 그리고 작업자들을 위한 다이어리는 꼭 만들어보려고요."

지연 씨가 가장 좋아하는 일은 커스텀오더 프로젝트다. 특히, '마이 올드 레더백' 프로젝트는 꾸준히 해오는 일로, 오랫동안 써온 가죽가방을 해체해서 지갑이나 파우치, 클러치 등 작은 소품으로 새롭게 만들어내는 일이다. 추억이 녹아 있는 물건들이 아니겠는가? 닳아서 반질거리기도 하고 오래된 윤기가 멋스럽기도 한 가죽의 이야기를 새로운 물건에 담아본다. 그러나 이 일에도 깊은 의미를 설명하지 않은 채 지연 씨는 그저 "받아보시는 분들이 기뻐하는 모습을 보는 게 너무 좋아요"라고 말했다. 좋은 작품을 만드는 일에 매진하는 사람이 장인이라면 자신은 그것보다는 상대방을 기쁘게 해주는 일을 하는 사람인 것 같다고.

꿈꾸고 있는 미래의 작업실을 묻는 질문에 지연 씨의 대답은 역시 심플했다.

"가죽 한 장을 완전히 펼쳐놓을 수 있는 넓은 작업대, 그게 들어갈 수 있을 정도의 공간을 꿈꿔요. 그 가죽으로 뭐든 만들 수 있겠죠. 하지만, 일단 펼쳐놓으려고요. 그냥 바라보게." 그냥 바라보기만 해도 된다. 작업실은 그래도 되는 것이다.

4부

달빛 옥상

혼자 먹는 한 접시 요리와

다함께 먹는 냄비요리 사이.

까만 밤의 별을 보는 것과

새벽녘 동쪽에서 희붐한

빛을 찾는 것 사이.

화요일과 목요일 사이.

당신과 나 사이에

작업실이 있다.

플라타너스,
플라타너스

그것도 봄을 재촉하는 비라고 질금질금 내린 비에 꽃망울이 터졌다. 꽃은 아슬아슬하다. 꽃들이란 언제든지 터트릴 준비를 하고서 무언가가 닿기를 기다린다. 사람의 손이건 빗방울이건 상관없다. 누구인들 그러하지 않을까, 봄이니까.

연남동의 주택가 중 길 하나를 벚꽃길이라 부른다. 이름처럼 벚나무 가로수가 길게 이어진다. 봄마다 흰 꽃비를 뿌리는 데도 나는 매번 그 꽃비를 하염없이 바라본다. 이 골목이 조금만 더 길었다면 좋았을 걸. 어떤 날은 꽃을 보러 일부러 길을 돌아가고 어떤 날은 아쉬움이 있어야 아름다움도 있다며 여지없이 모퉁이를 돈다. 분분한 꽃잎으로 이렇듯 설레다니, 꽃이 없는 삶이 어찌 가능할까.

이 동네는 꽃이 많다. 골목마다 오래되고 낮은 집들이 마당을 품고 있고, 마당 가장자리에는 어김없이 나무들이 심어져 있다. 개나리의 노란 싹이 올라오고 나면 흰 목련이 커다란 꽃송이를 피워 올린다. 벚꽃이 분연히 흩어지고 나면 탐스런 능소화가 담벼락에 축축 늘어진다. 소담하게 올라온 꽃봉오리들은 어느새 흐드러지게 피어나 송이째 바닥에 떨어지곤 한다. 이 동네 사람들의 할 일 중 하나는 그 꽃송이를 치우고 대문 밖 골목에 물을 뿌려두는 일이다.

한편, 집들마다 한 그루씩 없으면 아쉬운 게 감나무다. 계절은 그냥 지나치지 않는다. 푸르딩딩한 작은 땡감이 제법 발그레하게 익으면 가을이 성큼 다가온 것을 알고 깊은 숨을 들이키게 된다. 묵직하게 열매가 열린 가지들이 축축 처지다 못해 길거리로 열매를 내던지는 일도 있다. 작업실 앞 가로수길 풍경도 완전히 달라진다. 플라타너스 가로수 사이에 딱 두 그루 은행나무가 서 있는데 잎사귀가 샛노랗게 변하기 때문이다. 플라타너스의 잎사귀는 놀랄 만큼 무성해졌다가 가을이 되면 미련 없이 땅으로 내동댕이쳐져 수북이 쌓인다. 잎사귀들은 다음 해를 기약하며 길거리의 먼지로 사라진다.

처음 이 길에 들어선 날, 쭉쭉 늘어선 플라타너스들이 이 골목

256 ◆ 달콤한 작업실

을 얼마나 멋져 보이게 했던가. 작업실을 열고 첫 봄이 한창 무르익을 즈음, 마포구청에서 나온 관리인들이 온 동네를 다니며 풍성한 잎사귀들을 모조리 가지치기하는 바람에 깜짝 놀랐다. 앙상한 줄기만 남은 나무는 진득한 생명력을 무럭무럭 발휘하더니 여름이 오기가 무섭게 촘촘하고 무성한 그늘을 만들었다.

그 나무를 경계로 계절이 오고 갔다. 세월이 무한 반복된다. 이 거리가 얼마나 빠르게 바뀌는지, 어느 골목, 어느 모퉁이에서 무엇이 달라지는지, 늘 같은 모습으로 삶의 형태를 반복하는 이 거룩한 나무들만이 기억하지 않을까?

여름이 한창 진해질 무렵, 집주인 아주머니가 매실 한 자루를 가지고 오셨다. 모양이 고르지 못해 팔기엔 곤란하지만 향이 진하고 즙이 많다며 매실청을 담그기엔 충분할 거라고 했다. 제법 묵직한 꾸러미를 덥석 받아들었다. 매실 꾸러미를 집으로 가지고 오는 내내 짙은 향을 맡았다. 그 여름엔 매실의 진하고 끈적한 즙을 마시며 지냈다.

주인 어르신이 사시는 집을 올려다보면 오종종 놓인 화분에 파가 새파랗게 올라오기도 하고 알 듯 모를 듯한 열매를 맺은 식물들도 있다. 어디서 농사를 지으시는지 여름엔 '매실 팝니다'라는 메모가 대문에 붙어 있고, 늦가을엔 대문 앞에 자리를 깔고 품에 안지도 못할 만큼 큰 늙은 호박을 꺼내놓았다. 새파란 은행잎이 황금빛이 되면 머지않아 늙은 호박이 골목에 등장한다. 이 큰 호박을 어떻게 요리할까? 나는 볼 때마다 고개가 갸웃거려지는데, 보롱은 이 늙은 호박을 다른 이유로 탐냈다.

"핼러윈데이에 쓰면 딱 좋을 것 같아요. 괴물 모양으로 속을 파고 캔들을 넣어두면……."

마른 바람이 분다. 물기 하나 없이 말라버린 플라타너스 잎이 길바닥에 나뒹군다. 플라타너스의 잎은 왜 이렇게 큰 걸까? 거센 바람에 낙엽이 솟구쳐 얼굴을 때릴 듯 달려든다. 둥글고 통통한 손바닥 같은 큰 이파리들이 후두둑 길바닥을 휩쓴다. 아버지의 손과 닮았다. 손등은 검고 두툼하고 손바닥은 크고 둥글며 손가락은 통통하고 짧은 아버지의 손. 일하는 사람의 손.

플라타너스가 커다란 초록의 잎사귀를 툭툭 떨어트릴 즈음 손바닥보다도 더 큰 그 잎사귀를 하나 주워서 책장에 올려두었다. 잎사귀는 겨울이 지나면서 점점 누렇게 변해갔다. 손에 힘을 주면 가장자리가 바스라지거나 가운데 금이 가기도 한다. 그다음 해는 가을이 오기 전에 바람에 휘날려 떨어진 푸른 잎사귀를 주웠다. 역시 일정한 속도로 노랗게 변했다.

그러다, 연례행사처럼 가을이 시작되기 직전에 잎사귀를 주워 하나씩 모았다. 잎사귀는 제 삶의 속도대로 삭아간다. 이건 여기 온 첫해에 주운 것이고 이건 그다음 해에 주운 것, 이건 그 다다음 해에⋯⋯. 조금씩 다른 속도로 노란빛이 진해지는 것을 보면 잎사귀에 깃들인 시간이라는 것이 슬며시 내 속으로 들어온다. 나도 점점 짙어진다.

원 플레이트 퀴진과
원 팟 퀴진

반미 샌드위치를 파는 가게가 두 군데나 생겼다. 베트남 길거리 음식이란다. 바삭하고 쫄깃한 식감의 바게트 안에 샐러드와 햄, 매콤짭짤한 소스와 고수를 듬뿍 넣었다. 몇 번 먹어봤는데 맛이 꽤 괜찮다. 즐겨가는 동네 빵집도 얼마 전부터 메뉴를 바꿨다. 바삭한 크루아상과 초콜릿이 들어간 브리오슈 등을 싹 치우고 '보'라는 베트남식 크루아상을 놓은 것이다. 넓게 편 반죽을 돌돌 말아 반달 모양처럼 만든 게 크루아상이랑 닮았는데 어떤 차이가 있을까?

"페이스트리가 아니에요." 빵집 주인은 이렇게 말했다. 페이스트리라 함은 반죽 사이사이에 버터를 넣어 수차례 얇게 밀어

켜켜이 만드는 빵의 형태다. "대신 우유랑 버터를 듬뿍 넣었어요." 보는 페이스트리 특유의 파삭한 식감은 없지만 쫄깃하면서도 담백하다.

이 빵집의 문을 열고 들어가면 고소한 버터와 구운 밀의 향긋한 냄새가 진동해서 온몸이 짜릿해질 정도다. 프랑스에 살 때 아침마다 바게트를 사러가던 빵집에서 풍기던 바로 그 냄새다. 정다운 그리움이 묻어 있는 구운 밀 냄새가 좋아서 이 빵집을 자주 간다. 프렌치 스타일의 빵집이긴 하지만 가끔 베트남 스타일로 변주한 빵들도 종종 볼 수 있다. 모카빵과 베트남 스타일의 커피는 초기부터 있었던 메뉴이고.

이 음식들은 베트남의 로컬푸드이긴 하지만 서양, 특히 프랑스에서 온 음식이 토착화된 것들이다. 베트남은 프랑스령이었던 이유로 그들의 문화가 깊숙이 침투한 흔적이 배어 있다. '반미'는 바게트를 부르는 명칭이긴 한데, '뺑드미pain de mie'라는 프랑스어에서 파생된 것으로 본다. 뺑드미는 식빵을 뜻하지만, 베트남으로 건너가서는 프렌치 바게트를 뜻하는 말로 바뀌었다. 보 역시 페이스트리 크루아상을 단순화하여 비슷한 맛을 낸다. 토착화 단계는 꽤 재미난 화학작용을 일으킨다. 어떤 유사성이 있으면서도 새로운 방향으로 뻗어나가는 것이다.

연남동에는 이런 맛집이 종종 있다. 그건 이 동네가 원래부터

학교들이 터전을 꾸린 데다가 요상한 재미를 찾는 젊은 사람들, 예컨대, 파인 다이닝에 싫증이 난 사람들이 찾아오는 경우가 많기 때문이다.

세련되고 깔끔한 분위기는 연남동에서는 곤란하다. 여긴 길거리 음식들이 잘 팔린다. 달고 시큼한 소스를 뿌려먹는 허름한 태국식 국수집이며, 볶고 튀긴 음식을 저렴한 가격에 먹을 수 있는 대만 야시장, 허름한 만두집과 멘보샤집, 양꼬치집와 야키도리 가게, 대충 앉아 먹는 카레집. 길거리 음식은 골목들로 이루어진 이 동네와 딱 어울리는 먹거리다. 퇴락한 재래시장 주변으로 이런 음식들로 가득한 야시夜市가 형성되어 연남동의 명소가 되었다.

한참 지난 후 '보'가 생각나서 빵집에 들렀다. 문을 여는 순간 다시 코를 스치는 구운 밀과 버터의 향. 쇼윈도는 페이스트리 크루아상으로 다시 채워져 있었다.

한번은 스토리백의 홍창미 선생이 이런 걸 물었다.

"점심식사는 어떻게 해요? 늘 사 먹어요?"

"그게……. 해먹기도 하고, 사다 먹기도 하고 그래요."

이 말의 정확한 의미는 '대충 먹고요, 아니면 그냥 굶어요'다. 한 블록만 걸어 나가도 낮이건 밤이건 줄을 서는 식당들로 번잡한 연남동에 살고 있으면서도 밥 먹는 일은 늘 고민이다. 오늘 뭐

먹지?

처음엔 간단한 음식 정도는 해먹을 계획이었다. '원 플레이트 퀴진one plate cuisine'. 접시 하나에 요것조것 채운 단출하지만 따뜻한 식사 정도는 가능할 것 같았다. 아일랜드에 전선도 연결해두었고 핫플레이트와 전기밥솥을 포함해서 프라이팬, 냄비, 국자와 집게 등도 구비해두었다. 나름 정해둔 메뉴들도 있었다. 번잡하지 않고 깔끔한 메뉴들을 잡지에서 발견하면 스크랩도 해두고 조리법도 적어두었다.

원 플레이트 퀴진은 조리법이 간단해야 한다. 편으로 썬 마늘과 말린 고추인 페페론치노를 올리브오일에 볶아서 향을 내고 삶은 파스타를 넣어 소금 후추로 간하는 심플한 오일 파스타처럼. 리넨 테이블 클로스를 깔고 파스타를 그득 담은 접시를 놓고 커트러리를 얌전히 놓는다. 타임이나 바질을 뿌리면 더 맛있겠지만 이 정도도 훌륭하다고 생각하며 한 스푼 크게 덜어 입에 넣는다. 가끔 토마토소스가 생각날 때는 시판용 소스를 사서 파스타를 볶아내는 것도 나쁘지 않다.

밥을 먹고 싶다면, 잡곡밥에 김과 명란젓만 있으면 된다. 적당한 크기로 썬 양배추를 마늘 기름에 볶아 향을 내고 간장(폰즈 소스도 좋다)으로 간한 다음, 고춧가루를 조금 뿌리면 완성되는 양배추 볶음도 따뜻한 반찬으로 좋다. 작업실에는 늘 차가 있으므

로 오차즈케도 만들 수 있다. 일본식 증제녹차를 우려서 밥 위에 붓고(센차면 충분하다. 센차가 없을 때는 오설록의 덖음차를 쓴다) 명란젓, 오징어젓을 꺼내든가, 와사비향이 나는 후리가케를 조금 뿌리면 담백한 한 끼가 된다.

작은 밥솥, 작은 냄비, 핫플레이트로 할 수 있는 요리는 생각보다 많다. 금방 쪄내서 김이 솔솔 나는 감자와 고구마는 행복한 맛이다. 맥주 마실 때는 소시지를 굽고 프랑스의 아침이 그리울 때는 바게트에 버터와 잼을 바른다. 루어팍 버터의 깔끔한 맛도 좋지만, 에쉬레 버터의 짙은 풍미가 생각날 때는 좀 멀리 있는 치즈와 버터 전문점을 다녀온다. 도쿄 마루노우치의 크루아상 가게에서 에쉬레 버터를 듬뿍 넣은 크루아상을 먹어본 이후로 이 버터의 풍미에 푹 빠져버렸다. 바게트를 절반으로 자른 다음, 나이프를 바게트에 푹 집어넣어 길이 방향으로 자른다. 보드랍고 쫄깃한 흰 속살에 버터를 듬뿍 덜어서 바르고 딸기잼이나 라즈베리잼을 한 겹 더 바르면 끝.

그런데, 이제는 두툼한 버터와 다디단 잼이 슬슬 부담스럽다. 그땐 어떻게 이걸 먹고 살았을까…….

먹는 일은 그리 간단하지 않았다. 재료 준비→조리→식사→뒷정리로 이어지는 과정은 1인 식탁이라고 해서 더 간편한 것은 아니었다. 싱크대와 조리대가 없다 보니 아무리 간단한 음식도 뒷정리할 게 많았다. 음식 냄새가 공간에 배어드는 건 더 싫었다. 음식 냄새가 가면 어디로 가겠는가. 책이다, 책. 내 서가에 꽂힌, 고귀하고 정결한 존재여야 마땅한 책에서 음식 냄새가 나다니! 그것만큼은 참을 수 없었다.

어느 소설가의 북콘서트에 갔다가 이런 이야기를 들었다. 소설가는 작업실에서는 집필 외의 활동은 절대 하지 않는다고 했다. 요리도 하지 않고 심지어 도시락을 먹거나 사온 음식을 먹는 일도 하지 않는단다. 소설가는 작업실을 생활의 흔적이 끼어들지 못하는 무균의 상태로 유지하려고 했다. 내 작업실이 그토록 경건한 장소라고 생각지는 않지만, 어쨌건 그 말에 큰 용기를 얻었다.

"그래, 밥은 밖에서 먹으면 되는 거야." 그리하여 원 플레이트 퀴진의 생활화를 결심한 지 1년도 지나지 않아 '작업실에서는 절대 요리를 하지 않는다'라고 선언하기에 이른다.

이따금 뜨거운 밥과 가벼운 반찬을 담은 소박한 밥상과 간단하게 맛을 낸 파스타를 포기할 수는 없다. 분명 긴 줄을 섰을 게 뻔한 음식점에서 한 끼를 때우려고 오랜 시간을 기다려야 할 때나, 아직 연남동에는 내 속을 채워줄 가볍고 심심한 식사를 먹을 곳이 없음을 깨달을 때를 위해 냉장고에는 몇 가지 재료들을 넣

어둔다. 비록 자주 꺼내지는 않더라도.

절대로 식당에 가지 않고 작업실에서 만들어 먹는 음식이 있으니, 그것은 바로 퐁뒤다. 겨울이 되면 퐁뒤가 생각난다. 퐁뒤에는 십수 년 전 내 첫 프랑스 체류지인 안시Annecy에서 보낸 특별한 기억이 담겨 있다. 알프스 자락 끝에 있는 호수 도시인 안시는 겨울이 특히 아름답다. 알프스 몽블랑과도 그리 멀지 않고 스위스와도 가까운 안시의 대표 메뉴는 지역에서 생산되는 여러 치즈를 섞어 끓인 뒤 빵과 야채를 찍어먹는 치즈 퐁뒤다.

안시의 겨울 어느 날, 친구들과 송년모임을 갖기로 하고 퐁뒤 재료를 사러 시장에 갔다. 일요일마다 서는 장터는 왁자지껄했다. 특히 치즈가게는 줄이 길었다. 나는 퐁뒤를 만들 치즈를 썰어달라고 무슈(프랑스에선 아저씨라는 뉘앙스로 무슈, 아주머니에게는 마담이라는 호칭을 흔히 쓴다)에게 주문했다. 흰 분으로 덮인 몰캉몰캉한 치즈인 르블로숑reblochon, 구멍이 송송 나 있는 노란색 치즈인 에멘탈emmental, 꼬릿한 향이 나지만 그만큼 감칠맛이 있는 콩테comte. 안시의 퐁뒤, 즉 사부아식 퐁뒤는 이 세 가지 치즈를 같은 비율로 섞어서 끓인다. 프랑스 남동부 사부아 지역의 화이트 와인 반 컵과 통마늘 한두 개도 넣어준다.

치즈를 건네주며 무슈가 내게 말을 건넨다.

"퐁듀 만들 때는 무스카드를 꼭 넣어야 해요!"

"무스카드? 그게 뭐죠?"

싱글벙글하던 무슈의 얼굴이 어두워진다.

"무스카드를 무스카드라고 하는데, 그게 무어냐고 묻는다면……."

무스카드muscade가 '육두구'라는 향신료인 건 나중에 사전을 들춰보고야 알았다. 무스카드는 넣지 않았지만 퐁듀는 맛있게 끓었다. 냄비를 가득 채운 치즈, 그 뜨거운 한 입. 무언가를 찾겠다고 만리타국까지 와서 고생하던 친구들과 맞았던 겨울의 기억. 그 기억은 아슬아슬하고 춥고 낭만적이고 따뜻하다.

뜨겁게 데운 냄비를 가운데 두고 모두 둘러앉아 먹는 음식에 나는 특별한 애착을 느낀다. '원 플레이트 퀴진'은 혼자 먹는 한 접시의 음식이지만 '원 팟 퀴진'은 여러 사람이 모여서 함께 먹는 식사다. 가까운 사람들끼리 어깨를 맞대고 뜨거운 음식을 먹는 것은 언제나 감동적이다. 그래서 겨울이 되면 성능은 약하고 귀엽기만 한 퐁듀 팟과 워머 세트를 꺼내고 싶어 안달한다.

12월도 마지막으로 달려가는 어느 밤, 여자친구 몇 명이 모여 조촐한 송년회를 하기로 하고 치즈 퐁듀를 준비했다. 연희동 사러가 마트에서 에멘탈, 그뤼에르 등 몇 가지 치즈와 빵, 감자 등을 샀다. 와인은 친구들이 준비할 터였다. 와인 안주로 조금씩 잘

라먹던 네덜란드산 경성치즈와 스모키 모차렐라도 냉장고에서 꺼냈다. 화이트와인을 조금 붓고 네 종류의 치즈를 섞어 냄비에 넣고 끓인다. 빵도 깍둑썰기, 찐 감자도 깍둑썰기다.

치즈가 바글바글 녹아 서로 엉길 즈음, 퐁듀팟에 옮기고 손님들 앞에 내놓았다. 워머 속의 작은 양초의 불꽃은 치즈팟을 계속 따뜻하게 해줄 것이다. 조명을 어둡게 하고 시나몬 향이 살살 풍기는 촛불을 켰다. 붉은 그림자가 어두워진 창문에 어른거리자 부쩍 겨울 속으로 들어선 것 같다. 뜨거운 치즈와 차가운 와인. 밤은 깊고 와인은 점점 비어간다. 이야기가 길어져도 괜찮다. 치즈는 아직 많이 남아 있으니까.

같 이
식 사 할 래 요 ?

카톡음이 울린다. "똑똑! 바쁘세요?" 선미 씨의 호출이다.

잡지도 만들고 디자인 관련 재미난 일들도 기획하는 선미 씨는 작업실에서 10분 거리에 사무실이 있다. 서로 다른 팀이긴 했지만 한때 직장 동료였던 그녀와 서로 일도 주고받고 하면서 알고 지낸 지가 제법 오래되었다. 어쩌다 보니 한 동네에 터를 잡게 된 지금은 업무 말고 다른 일을 같이 한다. 이를 테면 먹고 마시는 일. 오늘 그녀의 메시지는 '같이 식사할래요?'라는 뜻이다. 그녀 덕분에 '혼밥족'인 나도 한 달에 한 번은 느긋한 점심식사를 즐긴다.

새로 생긴 가게를 탐방해보자며 야심차게 나섰다가도, 가게 분위기나 음식은 거들떠보지도 않고 묵혀둔 이야기부터 꺼낸다. 지금 머릿속을 떠나지 않는 생각들, 지극히 개인적인 감정과 나를 둘러싼 것들에 대한 단상들, 여전히 앞으로 추동하는 이 몹쓸 상상력에 대해서 이야기한다. 그녀와 나 사이는 에둘러갈 필요가 없다. 잡지 기자 출신으로 여전히 잡지를 사랑하고 종이책의 물성을 아끼는 자들의 공감대일 것이다. 그러니 같은 동네에 일터를 두게 된 것이 아닐까? 물론, 우리는 쓰고 싶은 것들에 대해 가장 오랫동안 이야기한다. 매혹되고 만 것들에 대해. 우리를 사로잡고 있는 강렬한 인물과 사건에 대해.

밥을 먹는 일은 끼니를 해결하는 것보다 큰 의미가 있다. '우리 같이 밥 먹어요'는 진정 많은 의미를 내포하고 있는 말이다. 나는 '당신이 좋아하는 것을 내게 말해줘요'의 의미로 이 말을 자주 건넨다. 그리고 어디에도 속하지 않는 무중력의 식탁을 차린다. 식탁을 채울 것은 온전한 이야기들이다.

나와 식탁을 함께하는 사람 중 가장 멀리 있는 이는 누구일까? 런던에 사는 노리코 씨와 네덜란드에 있는 리즈 카메이 씨가 떠오른다. 교토 출신으로 미국에서 오랜 생활을 거쳐 지금은 런던에 있는 노리코 씨는 해마다 여름이면 한국어를 배우러 서울에 온다. 런던 대학교 비교언어학 교수라는 직책 때문이기도 하지만 그녀는 한국어에 깊은 관심을 갖고 있다. 런던 출신의 리즈 씨는 한국 드라마를 접하면서 한국어에 푹 빠졌다. 일본에 오래 거주한 적이 있고(일본어를 무척 유창하게 구사한다), 지금은 네 덜란드 식품회사의 아시아 마켓 담당 중역으로 일하며 여름이면 한국어를 배우러 온다. 신촌의 어학당에서 만난 두 사람이 헬렌과 연이 닿았고, 헬렌은 당연한 수순처럼 두 사람을 작업실로 인도했다.

노리코 씨는 교토 억양이 섞인 한국어로 어학당 수업이 무척 바쁘게 돌아간다고 말했다. 숙제도 많고 시험도 어려워서 공부를 열심히 해야 한다고 말이다. 그 틈틈이 연구도 병행하느라 그녀의 여름은 온전히 공부 속에서 흘러간다. 50대 중반에 이른 두 사람의 바쁘다는 말은 몰두할 일이 있다는 뜻으로 들렸다. 자신의 분야에서는 전문가들이지만 배우는 일에 끊임없이 열정을 보여주는 두 사람은 작업실 친구들에게도 큰 자극이 되었다. 호기심과 즐거운 몰두는 인간을 움직이게 만든다.

"한국어로 일본어를 가르치는 건 처음입니다. 긴장되지만 기뻐요."

배운 한국어를 테스트도 할 겸 노리코 씨가 작업실에서 일본어 특강을 열었다. 그녀는 아름다운 필체의 아이다 미쓰오의 짧은 시를 준비해왔다. 「인간이니까」를 따라 읊으며 우리를 인간이 되도록 하는 게 무엇인지를 생각했다. 한국어와 일본어 사이의 간극을 줄이듯 삶과 시 사이의 간극도 줄어든 느낌이었다. 노리코 씨의 선창을 따라 "인간이니까, 인간이니까"를 따라 읊으면 우리 사이에 따뜻한 강물이 흘렀다.

우리는 서로 도움을 주고받는 사이다. 이들과 함께 있을 때의 나는 수줍지만 호기심 많은 인간이 된다. 교수건, 작가건, 회사의 중역이건, 그런 것은 중요하지 않았다. 소통하고 교류하는 것, 마음을 열고 서로의 이야기를 듣는 것, 기다려주는 것, 시간을 함께 보내는 것. 우리 사이엔 이런 일들이 있다.

그중에는 물어봐주는 것도 포함된다. 안부를 묻고 의견을 묻고 취향을 묻고 행선지를 묻는 일들이다. 이 사사롭고 사소한 질문들이 때로 나를 얼마나 안도하게 하는지. 일상의 질문을 바람처럼 가볍게 던질 수 있다면 우린 어른의 시간으로 들어선 게 아닐까? 친분의 깊이를 가늠할 수 없어서, 의중을 이해할 수 없어서, 나에게 그다지 관심이 없다고 미리 체념해버려서, 사람과의 만남이 불편하고 어색했던 날들이 있었다. 내가 발설하는 말들이 너무 무거워서 그들의 말과 섞이지 못한다고 느낄 때 나는 입을 다물곤 했다. 하지만 들꽃처럼 가볍게 다가오는 사람들이 있어 나는 작은 물음을 던질 용기를 얻는다. 잘 잤니? 어디 가니? 무얼 먹니? 어떤 책을 읽니? 이런 일상적인 물음들. 그 물음과 대화만으로도 우리는 오래오래 이야기를 나눌 수 있다.

그들이 찾아오는 여름이 오면 나는 작은 식탁을 차리고 시간이 멈춘 음식과 술을 조금 내어놓을까 한다. 그리고 이렇게 말해볼까?

"내년에는 내가 갈게요. 밥 먹으러."

다 리 가
세 개인 의자

항상 깨어 있는 불안한 양심.

어떤 글을 읽었는데 이 문장이 뇌리에 남았다. 불안의 의미를 되새기며 깊이 공감했기 때문이다. 깨어 있는 불안함은 숭고하다. 나는 불안 없는 삶을 결코 원하지 않으며, 끊임없이 불안을 창조한다. 그리고 다리가 세 개인 의자에 앉아 위태로움을 관망한다.

권태로워지느니 차라리 위태롭고 불안한 쪽을 택하겠다. 고공 줄타기를 하는 공중 곡예사처럼 흔들리는 길 위를 걸어갈 테다. 팽팽하게 긴장된 신경과 날카롭게 벼려진 감각으로, 그 힘으로.

의자는 인간의 몸을 닮았다. 2003년 이스탄불 비엔날레에서 설치미술가 도리스 살세도*는 두 건물 사이의 빈 공간에 1,550개의 의자를 쌓아놓았다. 뒤집어지고 널브러지고 납작하게 깔리고 위태롭게 걸려 있는 의자들은 무자비하게 내팽겨진 인간에 대한 은유로 보였다. 그녀는 콜롬비아 보고타에 있는 법원 건물 벽에도 같은 방식으로 의자들을 매달았다. 의자는 크기도 모양도 색깔도 다 달랐다. 그 모습은 척추와 팔다리를 가진 생명체가 아슬아슬하게 매달린 것처럼 착각하게 했다. 거기엔 나를 닮은 의자도 있을 것 같아서 한참을 찾았다. 의자들은 부서진 곳 하나 없이 고귀했다. 우리는 결코 밀쳐지고 소외되고 하찮아져서는 안 되는 존재들이라고 말하는 것 같았다.

아마 거긴 내 어머니를 닮은 의자도, 내 시어머니를 닮은 의자도 있었을 것이다. 두 어머니는 오래전부터 우울증을 견디고 있다. 삶은 걱정으로 가득해서 하나의 걱정이 끝나면 또 다른 걱정이 시작되었다. 자식들이 다 떠나고 노년으로 접어들면서 삶이 무너지는 무력감과 공허함이 찾아왔다. 시어머니는 20년 전부터 수면제 없이는 잠들 수 없고 친정어머니는 불안을 주체할 수 없

◆ Doris Salcedo, 1958~ . 도리스 살세도는 콜롬비아 출신의 설치미술가다. 의자, 옷장, 셔츠와 같은 일상적인 사물들이 얼마나 복잡한 감정을 담고 있는지 살세도의 작품을 보고서 새삼 느꼈다. 애도의 감정을 충격적이면서도 직관적인 방식으로 사용하는데, 무엇보다 개인의 고귀함을 여실히 느끼게 한다.

어 공황장애에 이른 경험이 있다. 안정적으로 펼쳐질 거라 믿어 의심치 않았던 삶이 점점 추락하는 것처럼 보일 때 불안감은 증폭되었다.

어머니들은 집에서 행복했다. 남편과 자식에게 헌신해온 삶, 뽀도독 소리 나게 닦고, 삶아 빨아야 직성이 풀리는 살림꾼의 삶이었다. 노년의 불안은 삶에 깊은 균열을 냈다. 내가 너무 하찮아졌어, 어머니들은 그렇게 말했다. 늙음은 그렇게 천천히 시작되어 끝없이 이어진다. 불안에 잠식된 영혼은 어떤 방식으로 삶을 견뎌야 할까. 어떤 해결도 보여줄 수 없는 나는 두 어머니의 맞은편에서 함께 견디는 중이다. 그분들이 느끼는 불안의 강도를 가늠해보면 나의 불안—분명치 않은 미래로 인해 내가 느끼는 석연찮음—은 터럭만큼의 무게도 지니지 못한다. 나는 불안을 불안해하지 않기로 했다.

나도 그림자 없이 웃을 수 있는 삶을 원했던 적이 있다. 햇볕에 바짝 마른 광목처럼 따스한 냄새가 감도는 삶을. 한창 일하고 노느라 주변을 둘러볼 틈도 없었던 20대 기자 시절에 어떤 선배가 이런 이야기를 했다.

"나는 지중해 섬마을에서 빨래하는 여인이 되고 싶어."

그 이야기를 듣자마자 내 영혼은 지중해의 싱그러운 햇살 아

래서 새카맣게 그을린 아이를 안고 있는 푸근한 아줌마에게로 가서 꽂혔다. 당시 나의 홍대 전셋집은 잠만 자고 옷만 갈아입는 장소였지만, 내 상상의 집에서는 내가 낳은 많은 아이들이 우루루 뛰어다니고 넓은 테이블에 음식이 한가득 푸짐하게 차려져 식구들이 배불리 먹을 수 있었다. 햇볕에 바짝 말린 빨래엔 라벤더 향이 감돌고 상쾌한 바람이 커튼을 날리는 그런 집에서 나는 늙어갈 거라고 상상했다. 내 어머니들이 그랬던 것처럼 뱃심도 좋고 팔도 튼튼해서 아이를 잘 안아주는 할머니가 될 거라고. 비록 그 아이들이 다 커서 집을 떠나고 햇살의 강도가 줄어들어 우울증을 앓게 되더라도 그게 집안의 유전자인 것처럼 감내할 수 있을 것 같았다.

만약 아이가 있었다면 말이다. 땅바닥에 그어진 금 같은 경계에서 한쪽으로 옮겨갈 수 있는 기회는 오지 않았다. 유명하다는 병원을 다니며 호르몬 주사를 배에 찌르며 애썼지만 세 번째 시험관 시술이 실패로 돌아가자 더 이상 할 수 있는 일이 없었다. 연거푸 "안 되었습니다"라는 의사의 소견을 들을 때는 맨 땅에 처박히는 심정이었고 말 그대로 내팽개쳐진 기분이었다. 내 인생에 아이가 존재하지 않는다는 것을 믿을 수가 없었다. 난임은 불치병일 수는 있지만 내 인생을 옭아맬 장애는 아니라며 다독이기까지는 시간이 오래 걸렸다.

삶의 불가역성. 시간을 되돌릴 수 없다는 이 세상의 엄정한 법칙이 나를 살렸다. 어디서 실수했을까? 그걸 만회할 수 있을까? 매번 잘못을 비는 심정으로 도돌이표처럼 병원을 찾던 나는 이윽고 아이 갖는 일을 그만두었다. 그러자 삐걱거리며 그 자리에서 맴돌던 삶이 스르르 앞으로 굴러가기 시작했다. 그리고 다른 삶이 열렸다. 내 주변에는 아이 없는 부부들이 아이 있는 부부만큼 있었다. 아이 없는 부부의 삶은, 아이 있는 부부의 삶을 짐작할 수 없는 것과 마찬가지로 낯설었다. 어쨌든 그 삶을 살아가야 했고 이왕이면 잘해나가야 했다.

내 인생의 한순간은 누구나 동의하는 온순한 기대와 희망으로 가득 찼었다. 그렇게 꽉 차 있던 마음도, 아무것도 아니야, 아무렇지 않아, 하고 거듭 말하고 보니 정말 아무것도 아닌 게 되었다. 그러나 그 아무것도 아닌 마음이 사라지면서, 내 속에 있던 많은 것들이 떨어져 나갔다. 라벤더 향이 풍기는 집도, 햇볕 냄새가 나는 빨래도, 곱게 곱게 다듬어왔던 내 상상의 집도. 내가 어떤 사람인지 들여다볼 검은 우물 같은 시간만이 내 앞에 펼쳐졌다. 그토록 길고 외로운 시간이. 나는 흔들리는 경계를 오가며 외롭고 불안한 마음을 끌어안았다.

그 시기에 두 어머니의 우울증도 동시에 깊어져, 병과 더불어 점점 더 깊은 노년의 삶으로 들어갔다. 어느 새벽에 거실에 계신 어머니를 발견했다. 드시는 약은 자칫 과하거나 적을 때 어머니의 뇌에 환각을 드리운다. 어머니는 "집에 가자"고 말씀하셨다. "여기가 집이에요"라고 해도, 어머니는 낯선 공간에 있다는 듯 불안한 얼굴로 "여기가 아니야, 집으로 가자"라고 하셨다. 어머니가 거쳐 온 수많은 집들 중 어디가 진짜 집일까? 우리 마음속에는 돌아가야 할 집의 기억이 뚜렷하게 존재하는 걸까?

"어머님, 어느 집이요?" 나는 집요하게 어머니에게 물어서 그곳으로 모셔다 드리고 싶었다. 어렸을 적 사셨던 커다란 한옥을 찾는 것은 아닐 것이다. 아마도 아이들이 모두 어려서 품에 쏙 들어올 만큼 작았을 때 그 아이들을 품고 키웠던 그 동네의 2층 양옥집이 아니었을까? 50대 중반에 이사 오신 이 아파트에서 평화롭게 20여 년을 살아오셨건만 이곳은 기억 속의 집을 대체하지 못했다.

누구에게나 돌아가고 싶은 집이 있다면 거긴 어디일까? 그리로 가고 싶을 때 나는 어디로 가야 할까? 열 살 즈음 살았던 환한 양옥집도, 신혼을 살았던 프랑스의 오래된 아파트도 나름의 사랑스러움으로 남아 있지만, 과연 나의 집은 어디일까? 기억 속의 집은 무의식의 깊은 곳에서 증축하고 낡아가고 무성한 덩굴을

키우며 자꾸 돌아오라고 부르는 것 같은데, 나는 거기가 어딘지 아무리 더듬어도 모르겠다.

작업실은 J가 나에게 선물한 작은 집이다. 여기선 아이가 잘 안 되었을 때 부모님이 계신 집에서 눈물을 흘릴 수가 없었던 내가 퉁퉁 부운 몸을 소파에 겨우 뉘었던 어느 날의 기억을 꺼낼 수 있다. 열심히 준비한 강의를 완전히 망치고서 허탈함과 자괴감에 시달렸던 기억과, 의도치 않았으나 상처주고 상처받은 나날들도 있다. 달콤하고 보드라운 것과 그만큼 날카롭고 초라한 것들이 있다. 작업실에 담긴 모든 기억들이 나의 흔적이다.

집이라는 무수한 기억들이 내 몸에 차곡차곡 쌓인 한편, 나는 여러 장소에 기억이라는 흔적을 심어두었다. 실제로는 무척 외로워보이는 장소들이지만 아이러니하게도 그 장소와 만났던 기억은 나의 외로움을 걷어갔다. 그런 기억으로 마음 닿을 때 훌쩍 가볼 수 있는 장소들이 여럿 있다.

어쩌다 한번씩 박경리 선생이 살던 정릉 옛집에 가본다. 작업실 앞에서 버스를 타면 낯선 도로를 따라 그곳에 도착한다. 거긴 산 넘고 물 건너가는 옛날 이야기 속 풍경 같다. 지금은 다른 사람이 사는 그 집 근처에서 나는 잠시 머무른다. 길은 좁고 집은 어둡다. 마흔줄에 들어선 소설가는 그 집에 살 때 그간 모든 소설을 습작으로 치부하고 마음속에서 끌어오르던 하나의 이야기에 매진할 결심을 했다. 대하소설의 시작을 기억하고 있는 그 집에서 작가의 몸이 스쳐간 자리마다 선연한 붉은 자국이 보이는 것 같다. 나와 무연한 집에 소리 없이 말을 건넨다.

폐허가 되어버린 버려진 장소들을 이따금 찾아가보기도 한다. 1년에 한 번씩 가서 사진을 찍는 정읍의 화호리 마을도 나에겐 선명한 장소다. 괴기스럽게 삭아가는 창고와 오래된 집들. 한때 영화로웠으나 지금은 무너지기 직전의 그곳에서 한 장의 기록을 남기는 이유를, 누군가 한 사람쯤은 그 집들의 최후를 지켜봐주어야 할 것 같아서라고 하면 될까?

또 많은 어여쁜 장소가 있다. 타박타박 걷는 숲길, 누군가의 집, 책방의 좋아하는 코너 같은 일상의 장소와 여행의 장소, 이를 테면 파리와 런던의 냄새나는 골목길과 독일의 고속도로와 룩셈 부르크의 주유소, 환상처럼 불쑥 솟아난 프랑스 중세 마을의 숲길, 이에르라는 이름도 어려운 도시에서 만났던 아름다운 빌라 노아이유, 간장 냄새와 습기찬 나무 냄새에 질식할 것 같았던 교토의 골목길, 물컹하고 애매하게 단 과일 같았던 열대의 해안도시. 장소의 기억은 나의 감각을 선연하게 만들었다. 장소와 나는 항상 함께 존재한다. 장소는 몸의 기억이다.

몇 해 전 독일문화원에서 소설가 다와다 요코*를 초청했다. 스무살에 아쿠타가와 상을 수상한 그녀는 시베리아 횡단열차를 타고 반대편 끝자락 독일 함부르크에 내렸다. 자신의 모국어와 가장 멀리 떨어진 지점으로 옮겨온 그녀는 완전히 새로운 그 땅의 언어로 글을 쓰며 예술가로 살고 있다. 프랑스에서 미술사를 배우던 시기에 다와다 요코의 작품들을 우연히 접했고 이 작가의 여정에 금세 매료당했다. 특히 좋았던 부분은 여행과 영혼과 비행기에 대한 인디언의 전설이었다. 영혼은 비행기보다 빠르지 못하므로 몸에서 분리된 영혼이 여행을 관통하는 어느 여정에서 배회할 수밖에 없다는 이야기.

"나는 처음 유럽에 올 때 시베리아 기차를 타고 오면서 내 영혼을 잃어버렸다. 내가 그 다음에 다시 그 기차를 타고 돌아갔을 때 내 영혼은 유럽으로 가는 길 어딘가에 있었다. 나는 내 영혼을 잡을 수 없었다. 내가 다시 유럽에 올 때 내 영혼은 일본으로 가는 길에 있었다. 그 다음에 나는 몇 번 비행기를 타고 오고 가고 했는데 도무지 내 영혼이 어디에 있는지를 알 수 없었다. 어쩌되었든 그것이 여행자들은 왜 모두 영혼이 없는지에 대한 이유가 된다. 큰 여행에 대한 이야기는 영혼이 없는 상태에서 만들어진다."**

그녀의 이야기에 따르면, 여행지에서 돌아온 후에도 우리의 기억이 한참 거기에 머무는 건 영혼이 아직 돌아오지 않았기 때문이다. 장소와 기억의 관계는 영혼의 차원에 있다.

시베리아 횡단열차를 타고 지구 반대편으로 가버린 한 여자는 새 물을 마시는 것처럼 모국어를 버렸고 대신 그녀가 쓴 글은 수많은 다른 언어로 번역되어 전해진다. 일본어가 모국어인 그녀가 독일어로 쓴 글을, 한국어가 모국어인 나는 프랑스로 번역된 책으로 읽었다. 원하든 원치 않든 그녀와 나 사이에는 여러 언어들이 겹쳐졌다. 언어의 겹을 뚫고 우리는 서로의 생각에 완전히 공감할 수 있을까? 그건 언어적인 공감이 아니라 언어를 넘어선 공감은 아니었을까? 언어는 장소의 기억이자 몸의 기억이다. 그러므로 그녀와 나 사이에 있는 여러 층위의 언어와 장소와 몸의 기억에는 분명 겹쳐지는 것들도 있을 것이다. 그 언어(혹은 장소 혹은 기억)들 사이를 여행하는 다와다 요코는 내게 평생 여행하는 작가로 각인되었다.

◆ 多和田葉子, 1960~ . 사인을 부탁하며 노란색 표지의 프랑스어판 『영혼 없는 작가』를 그녀에게 내밀자 무덤덤한 표정의 그녀가 반가운 미소를 지으며 책을 펼쳐들던 것이 기억난다. 그녀는 첫 페이지에 납작한 한자로 자신의 이름을 써주었다. 이건 좀 의외였다.

◆◆ 다와다 요코, 『영혼 없는 작가』(최윤영 옮김, 을유문화사, 2011)

장소의 기억은 내 몸에 흉내 낼 수 없는 무늬를 새겼다. 내 몸이 하나의 의자가 된다면, 움푹한 옹이가 있고 나이테도 촘촘해서 색을 칠하지 않아도 되는 세 발 달린 의자이면 좋겠다. 아무나 앉는 건 사절이지만, 구부러지고 뒤틀린 어딘가에 부드럽게 움푹한 곳을 발견한 고단한 모험가에게는 앉을 자리를 내어주는 그런 의자.

만 월 의
데 라 스

중국어를 가르치던 소담 양이 마침내 원하던 회사에 입사하게 되었다.

"잘될 거라고 했잖아. 언니들 말대로 되었지?"

늘 명랑하게 반짝반짝하던 소담 양도 입사시험만큼은 쓰디쓴 눈물을 쏟은 일이 여러 번이었단다. 귀하게 면접 기회를 얻어 생기발랄하게 시험을 보긴 했지만 돌아올 때면 참담한 기분에 빠져서 크게 울 수밖에 없었다고. 몇 번의 고배를 마시고 나니 조금은 편해진 마음으로 시험에 응할 수 있었단다. 소담 양은 한 고비를 넘긴 뒤의 들뜬 기분과 새로운 생활에 대한 긴장이 교차한 표정이다.

회사 일에 목숨 걸지 마라, 몇 년만 일하고 나와라, 여러 회사를 다니며 배울 것 다 배운 뒤에 자기 일 해야지 등등 덕담 아닌 덕담이 어어졌다. 회사생활을 길게 해온 언니들의 충고였다.

"그럼…… 우리 중국어 수업은?"

그제야 문제가 뭔지 파악했다. 소담 양의 취업으로 1년 남짓 이어져오던 중국어 수업이 중단될 상황에 처한 것이다. 겨우 성조의 늪에서 빠져나와 말하는 재미를 느껴가던 중인데, 이를 어쩐다?

"그래서, 제가 생각해둔 후임자가 있어요. 아는 오빤데 중국 생활도 더 오래했고요." 소담 양은 문제없다는 표정으로 말을 이었다. "우리 멤버들하고도 잘 맞을 것 같아요."

그것이 가장 중요했다.

"신준섭이라고 합니다."

뽀얀 얼굴에 인상이 좋았다. 준섭 군은 키도 크고 시원시원한 성격답게 나긋나긋한 소담 양의 중국어와 달리, 힘찬 무협풍 중국어를 구사했다. 준섭을 중국어로는 '준세'라고 한단다. 준세이?『냉정과 열정 사이』의 그 준세이? 졸지에 '준세이'라는 별명이 붙게 된 준섭 군과 위풍당당한 중국어 수업이 시작되었다. 그런데 아뿔싸, 몇 달 지나자 준세이 군도 입사를 앞두게 되었다. 대기업 영업팀이라 다이내믹한 미래가 펼쳐질 거라며 씩 웃었다. 어렵다는 취업의 문을 성큼성큼 통과하는 걸 보니, 실력 있는 선생님을 제대로 뽑긴 했나 보다.

소담과 준섭 그리고 이따금 들르는 그들의 동갑내기 친구들은 작업실에 새로운 활력을 가져다주었다. 시시콜콜 수다를 나누며 언어나 좀 배워볼까, 가볍게 생각하고 중국어 수업을 시작한 게 미안해질 정도였다. 요즘 대학생들의 삶을 들려주는 그들의 이야기엔 복잡한 기분이 들었다. 젊은 친구의 삶은 절망과 희망을 오가는 부조리극 같았다. 학교라는 시스템 속에서 길들여진 후엔 더 공고한 사회 시스템으로 편입하기 위해 치열한 경쟁을 했다. 그들에게도 꿈이 있을 텐데, 점점 현실과 괴리되는 꿈들은 어디로 사라져갈까?

속앓이를 하면서도 끊임없이 유쾌하고 세련된 이 친구들에게 작업실은 무얼 보여줄 수 있을까? 자유로움이라는 가치? 다양한 인생? 삶의 야생성? 어째 공감할 것 같지는 않다. 때로 진짜 하고 싶은 이야기는 말로 떠들 것이 아니라 아니라 지속적인 행동으로만 보여줄 수 있다. 그들은 나를 비추는 거울 같은 존재들이다. 그렇다면 좀 더 노력하고 노력해서, 어딘가에 도달하는 모습을 보여주어야 옳다. 안타깝게도 중국어 수업은 잠정 휴교에 들어갔지만 말이다.

한 해의 마지막 달이 눈앞으로 다가왔다. 12월엔 늘 두서없이 분주하지만, 그렇다고 그냥 넘어가긴 아쉬워 작업실 친구들을 한 자리에 모았다. 미키와 보롱이 몸담고 있는 직장인밴드 '서울하늘'을 초대해서 하루 저녁 웃고 즐기는 날을 꾸미기로 했다. 록밴드에서 거친 보컬을 하던 미키가 이 어쿠스틱 밴드에서는 살랑거리는 목소리로 노래를 한다. 보롱은 타악과 기타, 멜로디언을 만지는 멤버와 함께 바이올린을 연주한다. 보롱의 바이올린 덕분에 제법 특색 있는 밴드가 되었는데, 카페 콘서트도 하고 버스킹도 하며 꿈틀거림을 발산한다.

"합주가 딱 맞아졌을 때, 호흡이 기가 막히게 맞았을 때 온몸이 짜릿해요."

그런 맛에 밴드를 하는 모양이다. 겨울은 친구들의 노래로 시작되었고 무르익었다. 소셜클럽의 친구들도 함께 모였다. 우리는 변함없는 미소로 서로를 도닥였다. 조촐하지만 다정한 취향의 공동체가 된 사람들. 그들에게 이 작업실은 어떤 의미일까?

소담 양과 준섭 군이 떠난 작업실의 겨울은 조금 차분했다. 미키는 하던 일을 그만두고 호주로 떠났고 보롱도 작업실 오는 일이 뜸해졌다. 업무가 점점 가중된다고 스트레스를 많이 받는 눈치다. 순환근무를 하는 사서 헬렌은 다른 도서관으로 근무지가 바뀌었다. 그러나 서고 근무가 아니라며 아쉬움을 토로했다.

"나는 책 만지는 게 좋은데, 그래서 서고 근무를 원했는데……."

그래도 괜찮아, 하며 애써 아쉬움을 숨기는 헬렌. 그녀의 한결같음은 나를 웃게 했다.

그리고, 안녕연구소가 없어졌다. 우연히 길모퉁이를 지나가던 날, 소박한 가구와 물건들이 사라지고 공사물품이 가득 쌓여 있는 것을 발견했다. 이 골목을 발견하게 해준 안녕연구소, 내가 이곳에 오기 전부터 나의 이웃이었던 안녕연구소가 말없이 사라졌다. 아니, 사라지지 않고 분명 어딘가로 옮겨져 고요히 무언가를 하고 있을 것이다. 연남동의 작은 역사를 보여주는 곳이니까. 망연자실 서 있던 나는 손을 들어 안녕을 고했다.

"안녕연구소, 이 골목에 있어주어서 정말 고마웠어요!"

겨울이 깊어지면, 공간도 낡아가는 것 같다. 가구들은 뻣뻣해지고 공기는 차가워졌다. 차디찬 표면을 쓰다듬을라 치면 바짝 날선 것들이 느껴졌다. 의자는 삐걱거리고 책상 위는 지워지지 않는 자국들이 생겨났다.

한 해를 넘길 때마다 살림살이는 허릿살이 붙듯이 늘어나 있다. 크고 작은 행사 후엔 어김없이 구석에서 우산, 휴대폰 충전기, 머플러 등이 구겨진 채로 발견된다. 사들이고 얻은 책들은 서

가에 쏟아질 듯 겹겹이 쌓였고, 홍차통은 비운 것 이상으로 채워져 결코 줄어들지 않았다. 구석구석에 빈 유리병과 빈 상자는 왜 이리 많은지, 아마도 물건을 넣거나 찻잎을 넣어두려고 챙겨둔 것들일 터이다. 한편, 깨진 오르골 인형, 나오지 않는 볼펜, 나사가 사라진 접시 스탠드, 조금씩 망가졌지만 버릴 수 없는 물건들도 자꾸 생겼다. 이 장소에서 사람들과 즐기다가 생긴 흔적들, 생채기들이다. 그걸 없애자니 아깝고 그냥 두자니 쓸쓸하다. 지금이 그런 계절인가. 아깝고 쓸쓸한 시절.

여긴 『나를 보내지마』◆에 나오는 노퍽 지방의 해안 같다. 거긴 세상에서 버려진 것들이 모두 모여드는 해안이었다. 캐시, 루스, 토미는 학교와 캠프, 요양소라는 좁은 세상에서 살아간다. 그들은 어쩌다 한번 바깥 나들이를 하는 귀한 시간을 노퍽 해안으로 가는 데 써버린다. 녹슨 배가 한 척 기울어진 채로 삭아가는 해안은 말 그대로 전국의 분실물들이 여기저기에 널려 있다. 그들은 잃어버린 물건을 찾아 여기까지 왔지만, 물건을 찾으리라는 확신이나 희망은 애초에 없었다. 쓰레기가 널린 철조망 바깥으로 나가 세상의 끝과도 같은 그 해안에 앉아 잔뜩 찌푸린 바다와 그 너머의 세상을 응시할 뿐이다. 인간에게 장기를 제공할 목

◆ 이 소설을 쓴 가즈오 이시구로는 아련한 노스탤지어와 기억의 연결고리로 이야기를 이끌어가는 소설가다. 우아하고 단단한 문체는 숨이 막힐 만큼 좋다.

적으로 만들어진 복제인간이라는 사실은 책을 읽어가면서 중요하지 않았다. 세상의 버려진 것들 사이에서 다른 세상을 바라보는 자의 쓸쓸한 시선은 모두에게 있는 것이니까.

쓸쓸함을 느끼는 것만으로 영혼은 정화되는 것인지도 모른다. 한동안 작업실도 그런 쓸쓸함이 감돌았다. 생기를 잃은 하늘처럼, 빛바래고 생채기 난 것들처럼. 친구들이 두고 간 유실물과 차마 버리지 못한 내 물건이 섞인 채로.

이 공간에서 반듯하고 우아하게 생활하려 애썼지만 결국 느긋하게 낡아가는 법과 대충대충 늘어놓는 법을 배웠다. 계획대로 하지 않아도 돼. 모든 것이 제자리에 있을 필요는 없어. 조금 망가져도 부서져도 괜찮아. 우린 그것들이 어떻게 작동했는지를 알고 있잖아.

인생이란 기승전결대로 흘러가는 것이 아니라 끊임없는 행렬에 슬그머니 끼어서 내 식대로 걷다가 슬그머니 하차하는 일일 터인데, 나는 지금 어디로 가고 있을까? 사방이 막힌 이 공간에서도 나는 뚜벅뚜벅 걷는 인간이 된다. 그렇게 걷다 보면 아홉 평짜리 공간을 넘어서서 더 넓은 우주로 진입할 수도 있을 것 같다.

먹빛 겨울 하늘의 가장자리, 연약한 별빛의 흔적을 따라 나는 발걸음을 옮긴다. 검은 우주를 올려다보면, 미래의 나와도 싸우고 과거의 나와도 싸우는 현재의 '나'를 만난다. 좀 더 나은 사람이 되기 위해, 망각과 나이듦과 권태와 꼰대스러움에 저항하는 나. 암전된 세계와 싸우며 사랑하며, 끝까지 아름다운 언어를 토해내며 살아갈 것이라고 말해본다.

때때로 안개처럼 덮치는 우울을 걷어내고 보면, 작업실 생활은 여전히 달콤하고 내 삶은 별탈 없이 이어지고 있다. 작업실 생활이 큰 변화가 없는 안정된 단계에 이르자 권태로움을 감지한 본능이 날카롭게 솟아오른다. 내 마음은 이제 다음 단계로 넘어갈 시간이라고 말하고 있다. 다시 떠나야 할 때가 온 걸까? 지금껏 다듬어온 이 온전한 장소에서 벗어나야 하는 걸까? 나는 어둠에 물든 작업실을 돌아본다. 유난히 어둠이 짙은 밤이었다.

실 스 마 리 아 로
가 는 길

앞으로 나아가기 위해서는 이전 시대와 고별하는 과정이 필요하다. 내겐 변화가 필요해. 그렇게 생각하니 가장 먼저 떠오른 건 일하는 공간을 바꿔보는 것이었다. 잠깐 작업실을 떠나 있거나 극단적인 방식이긴 하지만 작업실을 정리하고 책상과 커피를 찾아나섰던 예전으로 다시금 돌아가거나. 한편, 나는 지쳐 있었다. 작업실을 운영하고 모임을 만들어 사람들을 만나고 글을 쓰는 일……. 이 모두 좋아서 하는 일이지만 해가 거듭될수록 피로와 우울이 침범해왔다. 갈피를 잃은 느낌이었다. 어느 곳으로 가야할지 방향치가 된 기분이었다. 도리질하며 망설이던 나는 또다시 새로운 일을 하고 싶다는 욕망에 시달렸다.

마음을 다잡기 위해 몇 군데 문학예술 레지던시 일정을 살펴보았다. 곰곰 고민한 끝에 프랑스 북쪽 도시에 자리 잡은 문학의 집 레지던시 프로그램에 서류를 넣었다. 몇 달 정도 일상에서 벗어나 새로운 것들로 충전할 여유를 갖길 바라면서.

이 레지던시는 마르그리트 유르스나르Marguerite Yourcenar라는 프랑스 문학가의 저택을 '문학의 집'으로 꾸민 것이다. 『하드리아누스 황제의 회상록』이라는 소설로 프랑스 아카데미에 입성한 작가다. 리옹의 대학에서 예술사를 공부하던 시절, 로마 근교 티볼리의 하드리아누스 황제의 여름 궁전을 다녀와 리포트를 쓴 일이 있는데 참고문헌 곳곳에 그녀의 글이 인용되어 있었다. 그 문구들이 하나하나 신비롭게 다가왔었다. 유르스나르는 수십 년에 걸쳐 구상하고 집필하면서 『하드리아누스 황제의 회상록』을 완성했다. 어떤 이끌림이 작가로 하여금 로마 황제에게 자신의 목소리를 싣게 했을까?

역사의 층위를 살피다 보면 그 시대로 훌쩍 뛰어들어 온몸으로 경험하고픈 감정을 느끼게 된다. 아름다움에 맹목적이던 시대도 생생한 젊음을 권위에 저항하는 재단에 제물로 바치던 시대도 있다. 새로운 기술과 생각이 발현되어 지성이 자유로움을 느꼈던 시대와 입고 먹고 사는 것 자체가 비밀스러운 일 같던 시대도. 『핑거스미스』의 세라 워터스가 영국 빅토리안 시대로 자꾸 건너가고, 마르그리트 유르스나르는 로마 제국으로 훌쩍 뛰어들었던 것처럼 내게도 그런 시대가 있다. 어떤 시대는 미적 취향을 넘어서 내가 맞닥뜨린 삶의 궁금증을 해결하는 열쇠를 쥐고 있다. 그 시대를 거닐다 보면 삶의 단계를 뛰어넘는 일에 맞닥뜨린다. 앞선 세대를 넘어서야 할 소명이 오롯이 찾아온다. 그건 모든 인간에게 주어진 역사적 소명일지도 모른다.

서류를 넣고 두 계절을 넘긴 어느 날 모시지 못하게 되어 죄송하다는 정중한 답변이 담긴 편지를 받았다. 기운 빠지는 일이긴 하지만, 내겐 몇 가지 선택지들이 있었다. 이제 어떻게 할까? 준비한 주제가 있으니 계획했던 대로 프랑스로 떠날까? 국내 레지던시에 응시해볼까? 작업실을 접고 온종일 집에서 아무것도 하지 말까?

편지를 접어 봉투에 넣고 서랍장을 열었다. 여전히 나답게 혼란한 서랍의 가장 아래 칸, 여행지에서 가져온 엽서와 지도 사이에 봉투를 넣었다. 서랍을 닫고 몸을 일으키는데 간결한 파장이 심장을 아프게 스쳤다. 거리낌 없이 일상을 훌훌 털고 훌쩍 떠나던 시절은 지나가버렸다고, 누군가 귀에 속삭이는 것 같았다. 그런 건가? 내가 바라보아야 할 곳은 저 먼 우주가 아니라 여기의 일상이며, 저기의 인물이 아니라 이곳의 사람들이 아닐까? 인생의 다음 단계도 어느 먼 곳에 있는 게 아니라 이 아홉 평 공간 어딘가에, 아니면 그보다도 좁고 작은 나란 인간의 내면에 있을 거라는 자각이 불현듯 다가왔다.

작업실을 휘 둘러보았다. 버리지도 정리하지도 못해 쌓아두기만 한 물건들이 눈에 띄었다. 읽지 못한 책들과 정리하지 못한 서류, 그리고 흘러넘칠 듯 가득 찬 별것 아닌 물건들도. 작업실은 한계치를 넘어설 만큼 팽창되어 있었다. 여전히 들끓는 욕망을 가진 나와 닮았다. 이 공간을 털어내면 내가 느끼는 혼란도 정리될까? 공간을 갖는 일에는 책임과 끈기가 따른다던 J의 말이 떠올랐다. 나는 물건들을 정리하기 시작했다. 공간을 정리하는 건 나를 온전히 비우는 것과 같았다.

꽉 들어찬 작업실의 밀도가 점점 옅어졌다. 두서없이 꽂힌 책들을 정리해서 집에 둘 것과 친구들에게 나눠줄 것을 구분했고, 상미기한이 한참 지나버린 홍차들은 미련 없이 쓰레기통에 던졌다. 버려진 것들로부터 비명이 들리는 것 같았지만 나는 하던 일을 멈추지 않았다. 아일랜드에 가득 차 있던 빈 박스와 빈 유리병을 몽땅 재활용 박스에 넣었더니 내쉴 숨구멍 하나 없던 작업실에 여백이 생겼다. 아일랜드를 정리한 다음엔 서가로 걸음을 옮겼다. 빽빽하게 꽂힌 파일첩과 차곡차곡 놓인 상자들도 꺼내 과거의 유물을 솎아냈다. 약간 홀가분해졌다.

서가 안쪽에 놓인 묵직한 상자를 열어보니 소녀들의 그림이 가득 들어 있었다. '소녀'에 대해 써보고 싶은 막연한 생각으로 미술관에서 좋은 그림을 볼 때마다 한 장씩 모아둔 것들이다. 소녀들에겐 모순된 분위기가 풍겼다. 순진하면서도 비밀이 많고, 아무런 의미가 없는 행위로도 보이고 의도가 있는 것 같기도 한 이중성이 내 시선을 사로잡았다. 아이 같은 미소와 어른 같은 눈빛이 교차하는 소녀들은 거울 속의 내 모습 같다. 나도 그때 그랬을까? 눈치껏 간파하면서도 모른 척 못 들은 척 마음을 숨겼던 그때, 세상이 만만하게 보였는데도 뜻대로 풀리지 않아서 복잡했던 그때가 어렴풋이 떠오른다.

내가 소녀에 집착하는 건 다른 이유도 있다. 소녀 시절의 감정과 경험이 생생한 까닭이다. 그때의 나는 헌책방을 다니며 책을 섭렵하는 즐거움에 푹 빠져 있었고, 지금은 기억도 나지 않는 길들을 걷고 또 걸으며 세상의 풍경에 마음을 빼앗기곤 했다. 지금도 어떤 풍경과 장소를 스치면 과거의 기억이 어렴풋이 떠오르며 서늘한 감정을 느끼곤 한다. 그 시절과 조우하는 순간이 아닐까?

걷고 쓰는 나란 존재, 나의 성향은 열세 살에 결정되었다. 나는 혼자 공상에 빠져 있으면서도 다른 사람들에게 들키지 않으려 무던히 애를 썼다. 그 시절 상상들은 지금껏 마음속에 남아서 열세 살의 나로 돌아가게 한다. 어쩌면 내게도 여태 자라지 못한 유년이 내면에 트라우마처럼 자리 잡고 있을지도 모르겠다.

「클라우즈 오브 실스마리아」*는 과거를 떠나보내지 못한 여인에 대한 영화다. 실스마리아는 스위스의 작은 산골 도시다. 이 도시는 숨 막힐 듯 높은 계곡 사이로 짙은 구름이 마치 뱀처럼 움직이는 신비스러운 자연현상이 이따금 발생한다. '말로야 스네이크'라 불리는 장대한 뱀구름은 삶의 은유처럼 한 여인의 운명에 휘몰아친다. 화려했던 과거에 숨어 있기 위해 안간힘을 쓰는 여배우 마리아. 그녀는 처절하게 무너지는 과정을 견딘 후에야 새로운 구원을 맞이한다. 모든 인간이 그 과정을 겪지 않지만 어떤 인간에겐 피할 수 없는 운명이다. 그러기 위해 과거의 그림자를 놓아주는 의식도 치러야 하며, 자신의 얼굴 위로 드리우는 검은 그림자도 감내해야 한다. 인생의 물살은 나이가 들수록 점점 거세고 빨라져서, 살아온 대로 살아가는 것도 쉽지 않지만 그다음으로 나아가려면 더 많은 힘과 용기를 필요로 한다.

영화의 마지막 부분에서 나는 안심한다. 주인공이 파국이 아닌 구원의 영역으로 가게 될 것이라는 예감이 들어서다. 이 세상

◆ 멋진 감독 올리비에 아사야스와 멋진 배우 쥘리에트 비노슈의 2014년 작품. 1985년 「랑데부」라는 영화로 두 사람은 영화의 길에 들어선 인연이 있어서인가, 마치 쥘리에트를 위해 쓴 것 같은 시나리오는 물론 감독과 그의 페르소나인 쥘리에트의 화학작용이 대단하다. 장면도 연기도 시나리오도 우아하고 세련된 영화다.

에는 좁고 거칠더라도 나를 위한 길이 있으리라는 실낱같은 희망을 주는 결말이었다. 인간에게 파국이라는 선택지만 놓여 있다면 인생이 얼마나 공포스러울까? 어쩌면 나는 인생이 제시하는 그 단일하고 무자비한 선택지를 찢어버리기 위해 이토록 애쓰는지도 모르겠다.

견디어보기로 했다. 이 공간에서, 내 작업실에서. 나를 뒤흔드는 혼란의 정체가 무엇인지 투덜거리지도 비명을 지르지도 않고 지켜보기로. 끝까지 견디어보는 건 해보지 않았기에 해볼 만한 일이다. 견딘 이후에 무엇이 올지 당장은 예측하기도 어렵지만, 적어도 견디는 방법은 알게 되지 않을까?

우선 한동안 끙끙대던 일을 꺼냈다. 서둘러 마무리하지 않고 첫 문장에서 마침표까지 집중해서 써보기로 마음먹었다. 작업실은 더욱 조용해졌고 물건의 밀도도 줄어들었다. 이 옅은 공간에서 나는 더 자유로워졌다.

사실 나는 알고 있다. 좋은 장소에서 오랫동안 머무는 여행도, 내 몸이 편안하고 행복한 것도 나를 천진하게 기쁘게 하지 못한다는 것을. 아름답고 사랑스러운 물건들이, 기분 좋게 하는 음식들이 진정 내면의 작은 씨앗을 건드리지 못한다는 것을. 그러나 그것들로 인해 행복하지도 기쁘지도 않다고 해서 삶을 사랑하지 않는 것도 아니고, 세상에 회의를 느끼는 것도 아니다. 동전의 양

식물과 동물이 탄생하던 진화의 거대한 들판. 나라는 것을
결정하던 의지는 어디에 있었던가?

거리풀잎의 에세이

면처럼 세상은 정반대의 것들을 포함하고 있고 나 역시 그렇다.

어떤 곳에서도 진정 행복하면서 진정 행복하지 않음. 이 역설적인 상태가 지금의 나를 설명하는 가장 적합한 문장이다.

한동안 작업실은 실스마리아의 말로야 스네이크처럼 나의 지난 시절을 비추는 장소가 될 것이다. 내가 대면하고 물어보고 들어야 할 이야기가 있는 과거의 어느 곳으로 나는 계속 여행을 할 것이고, 어느새 거울처럼 내가 잘 아는, 언젠가 나였던 존재를 만나게 될 것이다. 실스마리아의 구름 속에서 인간이 여러 번 변신의 과정을 겪듯이 이 어둡고 옅은 공간에서 나는 몇 번의 허물을 벗을 것이다. 나의 거울을 깊숙이 들여다본 후엔 망설임 없이 깨트려버릴 테다.

가벼워진 작업실에서 아르보 패르트*의 「거울 속의 거울Spiegel im Spiegel」을 들었다.

◆ Arvo Pärt, 1935~ . 에스토니아의 음악가인 그의 앨범을 몇 개 갖고 있다. 단순해서 버릴 것 없는 음들은 신비로운 우주로 향한 메시지 같다. 내가 쓰는 어떤 글들은 「거울 속의 거울」이 계속 변주되는 '알리나'라는 앨범을 반복해서 들으며 썼다.

다카포,
처음으로 돌아가기

네메시스.

필립 로스가 은퇴작이라고 내놓은 소설의 제목은 마지막에 어울릴 만큼 강렬했다. 1933년에 태어난 필립 로스는 1959년 첫 소설집을 발간한 후로 50년간 서른한 권의 책을 펴내며 미국 사회를 그리는 데 주력해왔다. 그는 이 소설을 마지막으로 더 이상 집필하지 않겠다는 선언을 했다.

『나는 공산주의자와 결혼했다』『휴먼 스테인』을 읽고선, 이런 작가를 여태 몰랐다는 사실에 깜짝 놀랐다. 이 두껍고 장대한 소설은 처음부터 결말까지 하나의 호흡으로 이야기를 밀어내며 끊임없이 질문하고 생각하게 했다. 무려 65세, 68세에 이런 소설을 썼다니 놀랍기만 하다. 그 호흡, 그 깊이 때문에 작가보다 20~30년 젊은 독자들도 읽어가며 지치지 않을 수 없었던 그런 소설이었다. 필립 로스가 여든 살에 쓴 소설이라니, 게다가 마지막 소설이라니 궁금하지 않을 수가 없다. 한 작가가 소설 인생을 마무리할 때 선택하는 이야기란 과연 어떤 것일까?

인터넷 서점 신간 소식에서 필립 로스의 『네메시스』를 발견했을 때, 나는 '내가 마지막으로 쓸 책은 어떤 것일까?'라고 생각했다. 지금껏 써온 주제들 중 하나일까? 아니면 지금은 상상도 하지 못하는 범주의 글이 될까?

마지막 책이 있으려면 첫 번째 책이 있어야 한다. 처음을 제대로 이루기 위해 앓았던 시간들이 있어야 한다. 첫 번째를 이루기 위해 지나칠 정도로 쏟아부었던 열정과, 반듯한 척 노련한 척 했지만 서투르고 어설픈 구석을 감지하고, 떨칠 수 없었던 부끄러움들을 기억한다. 달뜬 호기심으로 힘든 줄도 모르고 온갖 지식을 흡입하던 첫 마음의 갸륵함도.

원고를 쓸 때 '첫 마음으로'라는 글귀를 써두고 자주 들여다본다. 처음에는 호기심과 흥분으로 밀어붙이던 일도 어느 정도 지나면 지루해지고 의지가 약해진다. 글의 내용이나 주제가 변질되기도 한다. 처음으로 돌아가기. 느슨해진 손가락이 써야 할 것들을 제대로 움켜쥘 수 있도록 하는 주문이 그것이다. 지극히 평범하지만 그 주문은 언제나 효력이 있다.

나에겐 무수한 1호들이 있다. 뽀얗게 먼지가 앉은 어릴 적 기억을 꺼내보면, 내게 미술이라는 낯선 세계를 처음으로 응시하게 했던 그림도 있고, 내 손을 피아노 건반 위로 이끌었던 찬란한 음악도 있다. 열세 살 무렵, 책장에 꽂혀 있던 초급 예술 백과사전에서 알베르 마르케의 그림을 보고서 파리에 가고 싶다는 생각을 처음으로 했다. 부슬비를 뿌리는 듯한 회색빛 센 강의 풍경화가 지금도 어렴풋이 떠오른다. 고색창연한 건물도, 화사한 햇살도 아닌 어둡고 고요한 색채가 어린 마음을 사로잡은 이유는 무엇이었을까? 그런 흔들림은 지금껏 계속되어 어둡고 그늘진 틈을 망연히 응시하게 한다.

서점에서 처음으로 산 책은 범우사루비아문고에서 나온 『안네의 일기』였다. 안네 프랑크는 일기장에 '키티'라는 이름을 붙여주고 친구에게 이야기를 털어놓듯 일기를 썼다. 그게 그렇게 좋아보였던지 나는 가장 예쁜 공책을 일기장으로 삼고 'S'로 시작되는 서양 여자아이의 이름을 붙여주었다. 나는 그 공책들을 애지중지하며 매일매일 뭔가를 썼다. 그것이 내가 쓴 첫 글이다. 책에서 읽었던 문체와 문장을 흉내 내며 멋지게 써보려고 애썼던 기억이 난다. 누군가에게 보여줄 것도 아니면서 공들여 쓰고 지우고 덧붙였다. 그 책을 시작으로 하여 수많은 책을 사들이고 읽어나가며 나 자신이 나날이 변화하는 것을 느꼈다. 희열에 찬 시절이었다. 나는 책이나 그림, 음악, 그리고 어떤 풍경들에 자주 매료되었고 그 목록들을 적어두고 되뇌며 늘 지니고 있었다. 그러다가 일기장에 이런 글을 쓴다. '평생 글을 쓰며 살고 싶다'라고. 그때 내 삶에 가장 큰 영향은 책이 끼쳤다. 정확히는 한 소녀의 일기였다. 소녀가 '작가가 되고 싶다'고 쓴 부분을 읽고 또 읽으며 세상에는 작가라는 인간이 있다는 걸 알게 되었기 때문이다.

내가 찍은 필름을 직접 현상하고 인화했던 첫 사진의 추억도 잊을 수 없다. 신문방송학과 4학년 보도사진론 시간이었다. 나는 수업에서 요구하는 대로 수동 필름 카메라에 ASA 400의 흑백 필름을 감고서 여기저기를 다니며 사진을 찍었다. 전문사진화방에서 일포드 인화지를 샀다. 인화지의 낯선 질감에 짜릿했던 기억이 떠오른다. 학과 암실에서 코를 찌르는 냄새가 나는 용액에 필름을 넣어 현상 과정을 거치고, 네거티브 필름을 잘라 인화 기계에 넣은 다음 프로젝터로 인화하는 복잡한 방식을 거쳐 한 장의 사진이 완성되었다. 나는 어둠 속에서 실낱같은 빛에 의지해 이미지를 만들었다. 낱장 필름을 잃어버리기라도 하면 끝장이었으므로 암실에서 작업할 때마다 학생들은 "내 네거티브 어디갔니!"를 외치곤 했다.

처음으로 인화지들을 꺼내놓고 합평을 하던 날, 교수님은 이 클래스에서 가장 형편없는 사진으로 내 사진들을 선택했다. 한 학기 내내 나는 그것들이 왜 형편없는 사진인지 깨닫지 못해서 바위에 부딪히는 심정이었다. 몇 번의 과제를 제출하고 받은 최종 평가는 A학점이었다. 그 뒤로도 계속 사진을 찍었고 전문 사진가들과 함께 일했지만 여전히 좋은 사진과 그렇지 않은 사진을 명백하게 설명하지 못한다. 다만 내가 원하는 사진이 무엇인지는 알았다. 흥미를 끄는 대상을 찾고 오랫동안 바라볼 것, 그리고 그것들의 이야기를 담을 것. 그 이야기가 선명하고 유니크할 것.

내가 실패했던 첫 사진은, 교수님으로부터 좋은 평가를 받았던 다른 사진들과 함께 파일에 넣어져 오래된 서가에 꽂혀 있다.

실패한 처음들도 여러 번 겪었고 그것을 만회했던 두 번째도 있었다. 만회하려 했으나 여전히 실패했던 두 번째도 분명 있고, 지금껏 계속 실패만 하는 것들도 있다. 이 무수한 처음들은 내가 과거의 연장선에 있다는 사실을 느끼게 한다. 그때 나를 설레게 했던 것들은 여전히 유효한 매력을 갖고 있다. 원래의 성정들을 그대로 유지한 채 나는 시작된 곳에서부터 큰 나선을 그리며 퍼져 나간다.

그러므로 마지막 책은 첫 책의 그림자 속에 있을 것이다. 그 처음이 이루 말할 수 없이 어리석고 서투른 결과물이라 하더라도 그것을 해내기 위해, 그리고 그것을 뛰어넘어 그다음으로 가기 위해 쏟았던 시간들은 오롯이 내 몸 속에 들어 있는 것임을, 몇 번의 처음과 또 몇 번의 두 번째, 세 번째를 경험한 나는 잘 알고 있다.

내 마지막 작업실은 어디가 될까? J가 버릇처럼 말하는 '언젠가 너를 위해 지은 집'에 있을까? 기적처럼 연남동의 이 장소를 10년, 20년 동안 계속 유지하게 될까? 그러나, 동네는 변하고 삶을 바라보는 태도도 변한다면 작업실도 계속 변화해야 마땅하지 않을까?

삶은 나를 이루는 근간을 미묘하게 변화시키며 유려하게 흘러가는 변주곡이다. 마지막은 강렬하고 감미로우나 처음 주제를 일깨우며 마무리될 것이다. 단언컨대 미래의 나는 지금의 나와 절대로 같은 모습이 아닐 것이다. 그러나 나는 악보에 기입할 주문이 있다. 첫 마음을 기억하는 주문.

"Da Capo : 처음으로 돌아가기"

내 첫 번째 작업실에 대해 이야기하려고 한다.

내 손금에 뚜렷이 남아 있을 이 첫 번째 공간을.

두 번째, 세 번째를 낳을 이 첫 번째 작업실을.

기뻐서 폴짝폴짝 뛰건, 상실감에 빠지건,

나란 존재를 있는 그대로 품어주던 어둡고 좁은 소파를.

그리고 수많은 만남을 가능하게 했던 넓은 테이블을.

내 다리에 멍자국을 내는 책상과 고질적인 어깨병을 선사하는
노트북을.

밤이 금세 찾아오는 넓은 유리창을,

무성한 초록빛 플라타너스를,

미키와 보롱이 연주하는 겨울 송년회를,

연남동의 자랑 하얼빈 맥주와 연남 에일을,

소설가들과 보낸 밤들을,

셀 수 없이 많이 들이켰던 홍차와 커피 들을,

사라져버린 능소화를,

봄이면 만개할 꽃들과 고요한 밤을.

새로운 세상을 꿈꾸며 좌충우돌하던 서른과 마흔 사이를.

경계의 막다른 지점을 거치며 새로운 인간으로 태어나고 싶어
했던 뜨거운 밤을.

그 만월을.

내가 얼마나 많은 작업실을 경험하게 될지 모르지만, 이 풍경들을 잊지 못할 것이다.

한 번 작업실을 만들어본 사람은 작업실 없는 삶으로 돌아가지 못한다. 그것은 진리다.

늘어난 물건과 시끌시끌한 이야기들로 틈 하나 없던 작업실을 조금 털어냈다. 그 틈으로 내가 깊이 보인다. 홍차 한 모금, 소설 한 페이지, 얼굴 하나, 글 한 줄, 플라타너스 한 잎. 작업실의 하루는 하얀 무명천처럼 담담해졌다.

작업실에 밤이 오면 열세 살 시절로 되돌아간다. 세상을 상상하던 그때처럼, 가상의 도시를 만들고 지구를 탄생시키며 우주 너머의 대폭발을 목격한다. 그 속엔 그리운 얼굴도 별처럼 반짝인다. 심장이 뛴다. 우리 삶은 상상과 사랑 없이는 아무런 의미가 없다. 아니, 그것뿐인지도.

달콤한 작업실
만들고 채우고 궁리하는

©최예선 2016

초판 인쇄   2016년 8월 10일
초판 발행   2016년 8월 18일

지은이   최예선
펴낸이   정민영
책임편집   김소영
편집   임윤정
디자인   김마리
마케팅   이숙재
제작처   영신사

펴낸곳   (주)아트북스
브랜드   **앨리스**
출판등록   2001년 5월 18일 제406-2003-057호
주소   10881 경기도 파주시 회동길 210
대표전화   031-955-8888
문의전화   031-955-7977(편집부) 031-955-3578(마케팅)
팩스   031-955-8855
전자우편   artbooks21@naver.com
트위터   @artbooks21
페이스북   www.facebook.com/artbooks.pub

ISBN 978-89-6196-271-1 03810

• 이 도서의 국립중앙도서관 출판예정도서목록(CIP)은 서지정보유통지원시스템 홈페이지(http://seoji.nl.go.kr)와
  국가자료공동목록시스템(http://www.nl.go.kr/kolisnet)에서 이용하실 수 있습니다.
  (CIP제어번호: CIP2016018220)